LE CROCODILE

ASTRID MASSAD
VIRGILE FONDANAICHE

Le Crocodile

En application de l'art. L.137-2.-I. du code de la propriété intellectuelle, toute reproduction et/ou divulgation de parties de l'œuvre dépassant le volume prévu par la loi est expressément interdite

© 2024, Astrid Massad et Virgile Fondanaiche
Corrections par Christine Latour
Illustrations par Astrid Massad
Édition : BoD – Books on Demand, info@bod.fr

Impression : BoD – Books on Demand, In de Tarpen 42, Norderstedt (Allemagne)

Impression à la demande
ISBN : 978-2-3225-4054-9
Dépôt légal : juin 2024

TABLE DES MATIÈRES

Été

Rasos O Yafeish 9
Le Biscuit 51

Automne

Mon Manoir 73
L'Étang 99

Hiver

L'Oranger 119
Le Chant De La Pluie 151

Printemps

Confessions D'Une Fleur 167
Le Chapeau Triangle Qui Voulait Être Carré Pour Voir Les Vergers Fleuris 193

RASOS O YAFEISH

Astrid Massad

I

Depuis le sol de l'ouest, Karjek est une ville remontant la montagne comme il en existe tant d'autres dans le pays. Mais depuis la mer de l'Est, Karjek est unique.

Lorsque vous poserez le pied sur le sol du port vous regarderez d'abord tous les pêcheurs et marins, puis en remontant votre regard vous apercevrez le marché rempli d'étals aux produits de mille couleurs et odeurs. Vous aimerez sans doute les beaux ensembles beiges et légers des femmes, dont le tissu de lin nonchalamment posé sur les cheveux noirs descend sur le buste, laissant apparaître les nombrils percés. Les hommes dans les mêmes tons et sur un modèle similaire portaient le tissu en gilet ouvert et en un large sarouel, créant une population aux allures douces et chaleureuses.

Après avoir vu le port, le marché et le peuple vous vous attarderez sur les maisons. Ces drôles de petites bâtisses semblant avoir été taillées directement dans la roche. Des maisons rondes et irrégulières dont les morceaux ajoutés et lisses faisaient comme des grosseurs étranges au milieu desquelles des portes et des fenêtres aux formes organiques rendaient chaque habitation unique. Quant à leurs couleurs ocre ou rouge très pâle, elles donnaient un sentiment d'aridité. Mais cette idée de sécheresse était adoucie par tout un tas de petites cavités à même le sol, remplies d'eau turquoise. Ainsi entre chaque maison serpentent de petits chemins, faits d'un mélange de terre et de sable, des escaliers et ces crevasses d'eau dans lesquelles des enfants sautent et s'éclaboussent. Vous ne pouvez pas le voir d'en bas mais chaque creux est habité de coquillages et de petits poissons luisants. Chaque pluie, chaque colère de l'océan les remplissent amenant des nouvelles vies ici et là. Le fond étant clair et le soleil brillant, cette eau paraît presque irréelle par sa couleur. Sa rondeur vous fera déglutir de soif plus d'une fois.

Maintenant que vous avez analysé chaque étage de maisons superposées, vous remonterez la montagne et tout en haut de celle-ci une dernière maison surplombe la ville. Elle est simple et tout aussi tordue, mais un peu plus claire comme si le soleil venait se poser sur elle plus que sur les autres. De nombreuses crevasses d'eau l'entourent, plus qu'en dessous, donnant l'impression depuis le port que la maison repose sur un tapis de petites pierres précieuses étincelant à la lumière.

Ce que, en revanche, vous ne saurez jamais c'est l'histoire de cette demeure.

L'air chaud et moite glissait sur sa vieille peau dorée parsemée de taches brunes et de cicatrices; et malgré un léger sifflement dans son oreille gauche, le bruit des vagues résonnait au loin.

Djanesha se sentait si paisible sur son vieux perron. Ses traces sur son corps et le sifflement étaient si ancrés en elle depuis tant d'années qu'elle ne les remarquait plus, ou peut-être sa mémoire ne voulait plus les lui rappeler. Ici et maintenant seule sa paix lui importait.

Ses vieux os avaient du mal à exécuter le moindre mouvement mais elle continuait à vivre.

A travers ses pupilles voilées elle distinguait une grande tache lumineuse : Ce matin il faisait beau et chaud et bientôt elle entendrait les marchands crier et les habitants s'éveiller dans le marché tout en bas. Elle adorait s'installer sur son balcon, assise sur le siège dont l'argile l'intégrait au sol et aux murs, elle écoutait, sentait et ressentait la vie si belle et si douce de Karjek.

L'autre versant de la ville du côté de la terre et du pays, elle n'y était plus allée depuis le jour où elle s'était installée ici. Elle ne voulait plus faire face aux hommes et au désert qui menait à la capitale dans la vallée. Elle avait détourné sa vie pour la porter vers la mer. Horizon bleu sans fin où le soleil se couche et se lève sans rien pour l'en empêcher et où la nature décide de tout.

Quelle paix.

Elle entendit des bruits de pas rapides, au moins trois enfants qui sautaient dans des flaques. Elle entendit leur rire. Elle devina deux garçons et une petite fille. Le rire de la fillette était si pur que Djanesha eut envie de l'accompagner. Elle ne le fit pas mais le rire résonna en elle.

Une petite fille. Si innocente. Si joyeuse. Mais elle allait grandir et son enfance disparaîtrait un peu plus dans les yeux de son amant, dans les yeux de ses enfants, puis dans les yeux de ses petits-enfants et dans les yeux de tous ceux qui partageraient sa vie. Pourtant Djanesha pensa qu'elle avait encore une chance. Si elle restait ici à Karjek peut-être qu'elle n'aurait pas à se soucier de grandir, qu'aucune horreur ne la forcerait à perdre son rire. Elle regarderait la mer, et ses enfants avec elle riraient encore et encore alors qu'elle les porterait sur son dos en riant toujours plus. Elle n'aurait jamais besoin d'aller de l'autre côté de la montagne.

— Bonjour madame ! Dit la petite fille d'une voix très polie alors que les deux garçons couraient sans s'arrêter.

Tant de politesse chez une enfant attrista Djanesha mais elle répondit d'un sourire et les petits continuèrent leurs chemins.

Chaque bruit faisait son bonheur; entendre les enfants, les amoureux, les familles, les marchands, les pêcheurs, les mendiants, le vent et la mer. Elle ne pensait pas pouvoir rêver d'une meilleure retraite.

Une brise soudaine souffla dans son voile de lin et fit danser les ondulations de ses cheveux gris. Elle leva difficilement son bras tremblant pour les remettre en place. La brise parla.

— Bonjour Djanesha.

Un frisson traversa la veille femme. La voix était sage, profonde et un peu rauque. Cette voix, elle lui parlait au plus profond de son être et elle venait d'éveiller en elle une très vieille douleur, sans que sa mémoire ne lui dise laquelle.

— Me reconnais-tu ?

— Je m'excuse jeune homme mais hélas mes yeux ne discernent plus comme ils le faisaient autrefois. Qui es-tu ? dit-elle de sa voix tremblante.

— Ma Erkazin.

Djanesha était figée. Ce n'était pas possible, ils n'existaient plus. Puis elle n'en fut plus sûre. Elle reposa sa main fragile sur ses genoux. Que ce soit réel ou bien une création de son subconscient, bien plus probable à ses yeux, cela ne voulait de toute façon dire qu'une chose.

— C'est l'heure alors ?

Elle sentit un autre souffle d'air plus léger.
— Pas tout à fait.
— Alors viens tu me hanter jusqu'à ce que ce soit l'heure Rasos O Thanish ?

Le messager de la mort. Ce terme elle ne l'avait plus employé depuis des décennies et elle l'avait oublié en même temps que sa mémoire se désagrégeait. Il était revenu de façon si soudaine que sans le vouloir elle l'avait dit avec un peu de haine dans la voix. Elle se pensait pourtant prête à partir.

— Je viens porter un message. Le message que tu n'as pas entendu. Le message qui était autrefois une mise en garde et qui est aujourd'hui un fait. Le message que toi et les tiens avez essayé de taire. Je suis pourtant là, Oi Sfaebaha.

Comme en réponse au surnom qu'elle avait utilisé, il avait employé ce terme qui ne fit que la pousser un peu plus dans le malaise, réveillant des images qu'elle ne voulait plus jamais voir.

Des images de la guerre entre Rasos O Thanish et Oi Sfaebaha, l'aveugle du massacre.

Son cœur se serra si fort qu'elle crut en mourir.

Elle le souhaitait si fort, là tout de suite. La mort était mieux que de se souvenir.

— Regrettes-tu, Oi Sfaebaha ?

Djanesha caressa ses bras ridés puis ses mains frêles. Elle passa une d'elle devant ses yeux pâles. Elle ne vit rien d'autre qu'une vague ombre cachant la lumière.

— Je regrette... Je regrette de n'avoir pas plus peint. De n'avoir pas retranscrit les belles images. Mes yeux ne peuvent plus me les décrire, ma mémoire ne peut me les montrer à nouveau et de toute façon mes mains ne sont plus assez précises pour les illustrer. Si seulement j'avais pu en profiter avant et caresser son visage.

— Son visage ?

— Ma... ma fille... je crois. Pour le reste je ne sais plus. En fait je ne sais pas de quoi je parle, je... je suis... enfin parfois mes paroles... qui êtes-vous déjà ?

Un rire étrange provenant de la gorge de Ma Erkazin résonna dans sa chair, dans ses mains, dans ses yeux, dans son crâne. Ce rire la ramena dans l'instant présent et elle retrouva le cours de ses pensées.

Puis il se tut.

— Tu es forte Djanesha, et tu as grandi. Les hommes de ta vie ne sont plus, tu es libre et tu as le pouvoir de devenir Rasos O Thanish.

Des larmes se mirent à couler dans les sillons de ses joues flétries. Tout son corps frissonnait alors que la sueur glissait sur son dos bosselé. Elle se couvrait le visage de ses vieilles mains se répétant que ce n'était pas réel. Mais le messager l'ignora.

— Maintenant vois.

Elle vit.
Il était bien là devant elle.
Ma Erkazin.

II

Perché sur le rebord d'argile. Majestueux même dans l'ombre du soleil brûlant derrière lui.

Djanesha cligna des paupières avant de pouvoir le discerner du fond.

Son œil jaune était aussi perçant qu'une épée d'Ashris. Il leva haut son long bec meurtrier, son cou en zigzag s'étirant en une courbe, ses longues et fines pattes se tendant en douceur. Son plumage bleuté se confondit un instant avec la mer.

C'était un mirage, pensa Djanesha. Il ne pouvait exister et elle ne pouvait le voir. Il se tourna vers elle et ouvrit ses ailes, juste assez pour lui envoyer une brise. Elle découvrit les variations de ses plumes aux teintes grises et bleues, preuve qu'il était un très vieux héron, au moins aussi vieux qu'elle, même plus encore.

L'air tira encore son voile et elle l'attrapa de justesse. Elle ne remarqua pas tout de suite la fluidité de son mouvement mais la douceur de ses cheveux l'étonna. Elle vit alors ses mains, celles-là même qui lui rappelaient sans cesse son infirmité et sa vieillesse. Elles étaient magnifiques. Lisses sans aucun défaut. Elle se toucha les joues, regarda ses bras et ses jambes.

— Mais qu…

Elle se leva en sursaut et se mit à rire. Un rire un peu nerveux. Elle ne parvenait pas à définir si elle avait une hallucination ou non. Son cœur battait dans sa poitrine, sans aucun souffle étrange dans ses poumons, le battement remontait ses veines et le sang s'agitait sous sa peau. Toute cette énergie l'emportait. Elle souleva sa longue jupe beige pour voir ses pieds fins avant de tourner sur elle-même essayant de voir son dos et testant l'agilité de ses chevilles. Enfin elle serra ses mains, marcha droit hors du perron avant de se mettre à courir autour de sa maison. En contre bas des passants fixaient l'étrange fille agitée. Elle courut de toutes ses forces, seul le rire coupa son élan, puis elle voulut lâcher un cri, célébrer sa liberté mais elle le réprima.

Elle n'était pas libre dans son cœur. Elle s'immobilisa face à l'horizon. Sa poitrine bombée se soulevant à chaque respiration.

— Regarde, intima le héron qui se tenait au-dessus d'un bassin d'eau.

Le bleu azur laissait apparaître coquillages et perles rosées dans le fond. Djanesha s'approcha et se baissa, heureuse de pouvoir plier ses genoux avec tant de facilité.

Elle se pencha sur l'eau et vit son visage. Si jeune, si beau. Lorsqu'elle avait vraiment cet âge-là, elle n'était ni laide ni jolie, les hommes la disaient classique, un étrange équilibre entre des défauts marqués et des qualités bien suffisantes. Mais en cet instant, alors qu'elle avait plus de quatre-vingts ans et qu'elle revoyait sa peau de jeune fille, elle se trouva sublime. Si sublime qu'elle lâchât une petite larme de regret de ne pas l'avoir pensé plus tôt.

— Oi Sfaebaha, apprends et vis.

Ma Erkazin ouvra grand ses ailes et dans un mouvement brutal mais gracieux il les rabattit. Le vent chaud entraîna Djanesha en avant. Son reflet rencontra l'original et sa gorge s'emplit d'eau.

Elle voulut respirer mais seule l'eau salée vint vers ses poumons. Elle était secouée dans tous les sens, les courants la firent tourner sur elle-même. Enfin elle vit de la lumière plus haut. Elle se déplia et tendit ses bras vers la surface.

De l'air. Une grande bouffée s'insinua en elle. Elle s'agrippa au rebord sableux et s'extirpa de l'eau. Allongée sur les grains jaunes, elle reprenait son souffle face au ciel sans nuage.

— Djanesha ! Mais qu'est-ce que tu fais ? Djanesha !

La voix au loin la paralysa. Dans un réflexe son corps se redressa aussitôt.

— Père !

L'homme était vêtu d'un long tissu rouge tombant sur un sarouel assorti resserré au-dessus de chaussons de cuir pointus et le tout attaché d'une ceinture de corde. Ceinture qu'elle connaissait trop bien. Un couvre-chef plus petit et fluide mais plié comme un turban tombait sur un visage à moitié couvert de barbe noire et sale. Ce visage était marqué de rides d'expressions. En le voyant tout le monde pouvait deviner que ce n'étaient pas des expressions réjouissantes.

Arrivé à elle, il lui empoigna le bras avec force et la tira en avant.

Djanesha se laissa faire sans un mot.

Abasourdie de se retrouver là avec lui. Elle se tourna vers l'eau d'où elle était sortie mais ne trouva plus la crevasse, tout ce qu'elle aperçut fut tout au bout de son champ de vision, minuscule et presque invisible vu la distance mais encore discernable à l'horizon, la montagne de Karjek là où quelques instants auparavant elle délirait avec un oiseau maudit.

Toujours empoignée et pour éviter de justesse de trébucher elle porta son regard en face et elle la vit.

La tour d'Ashris, splendide et mystérieuse au-dessus de la vallée jaune.

Djanesha se mit à trembler de panique devant la ville, celle de tous les possibles, la capitale des merveilles, la cité folle.

Une introduction s'impose.

Lorsque vous arriverez dans la vallée d'Ashris, vous remarquerez toutes ces maisons cubiques ou bien au contraire très rondes souvent sur deux ou trois étages, comme des empilements de jouets d'enfants mais sans l'aspect ludique.

Contrairement à Karjek vous n'y verrez aucune crevasse remplie d'eau. La mer est bien trop loin. Ici les bâtiments sont de différentes couleurs tout comme les vêtements de leurs habitants. Tout est plus bruyant, mouvementé et éclectique. Les gens grouillent dans les ruelles, évitant charrettes trop rapides ou meute de chats allongés sans gêne au milieu du passage, miaulant à leurs compagnons des toits.

Et bien sûr au centre de cette agitation, celle que vous aurez remarqué avant même la ville et qui vous hypnotise : L'immense tour. Il serait impossible de compter les étages et même si vous essayiez vous n'y parviendrez pas. Voyez-vous, cette tour est trouée de fenêtres mais aucune ne s'aligne avec une autre plus de trois fois. Voilà l'un des rares éléments qui vous rappellera Karjek : L'aspect organique et terreux de la structure. Aucune fenêtre, aucune forme n'est parfaite ou géométrique, tout est tordu et noueux. Les arches des fenêtres sont parfois bien distinctes les unes des autres et puis d'autres se mélangent comme si la structure fondait.

Cette tour a donné son nom à la ville. Il y a quelques décennies cette vallée n'était qu'un grand village regroupant un jeune peuple de marchands. Situé au centre-Est du pays, un peu plus proche de la mer mais sans pour autant être isolée en bordure, il était ainsi déjà bien vivant. Une petite ville importante mais sans particularité qui la rendrait attrayante.

C'était sans compter sur ce tremblement de terre qui secoua le pays. La terre s'ouvrit au centre et des grumeaux de boue se rassemblèrent dans le creux comme des aimants jusqu'à ce que cette tour en sorte. Puis les morceaux d'argile continuèrent à s'accumuler la faisant grandir encore et encore, créant les fenêtres et l'architecture.

On raconte que c'était comme voir un potier fabriquer une sculpture. Les habitants ne purent que croire à l'œuvre d'un Dieu. Ashris le dieu de la création, celui qui avait modelé la terre de ses mains divines, celui qui avait séparé les continents comme on déchire l'argile. C'était Ashris qui venait de créer un nouveau morceau de monde. La ville fut ainsi renommée d'après lui.

A partir d'un certain temps la tour s'arrêta de grandir. Cette création divine transforma la ville en véritable capitale attirant touristes, jeunes ambitieux rêvant de travailler dans cette tour ou encore religieux et malades en quête d'un miracle.

Les années passèrent et on se rendit compte que la tour poussait encore, si lentement que ce n'était pas visible mais elle avait bel et bien gagné en hauteur et continuait depuis tout ce temps.

Djanesha regardait donc la tour des mystères avec effroi. Son père la tirait encore et il la tira jusqu'au pied du bâtiment. Perdue dans ces questions, son regard n'avait fait que glisser sur la ville et les ruelles qu'ils avaient traversées. Vu d'en bas la tour était suffocante. Le vertige aurait pris même le plus courageux des guerriers tant la hauteur et les formes dégoulinantes semblaient sur le point de s'écrouler.

Ils entrèrent. Les murs étaient décorés de tentures colorées et de meubles en terre. L'intérieur était fait de façon qu'un espace remonte le centre de la tour jusqu'au dernier étage cerné d'escaliers qui s'accumulaient en colimaçon et se terminaient à l'entrée de chaque étage. Mais au-delà d'une certaine hauteur, il était impossible d'aller plus haut car un épais plafond bloquait le chemin.

Personne n'a jamais réussi à l'escalader ou à creuser une ouverture, les parois de la tour étant plus solides que l'acier et en continuelle reconstruction comme une peau qui se régénère. C'était donc là le plus grand mystère de cet endroit que les plus savants et religieux venaient étudier : Découvrir ce qu'il se trouvait au-dessus.

Le père demanda à une jeune servante le monte-tour pour éviter les interminables escaliers. Ils s'installèrent dans un large et solide panier puis soudain ils s'envolèrent. Djanesha sentit son estomac remonter, elle n'avait en réalité pas remonté la tour ainsi depuis plus de quarante ans et en avait oublié la sensation.

Arrivés à leur étage, ils sortirent du panier. Elle fit l'erreur de regarder en bas et en voyant l'entrée, par laquelle ils étaient arrivés, si petite, sa tête lui tourna. Tout cela lui rappela la toute première fois qu'elle était venue ici, les impressions étaient les mêmes.

Sa mémoire avait supprimé beaucoup d'instants de sa vie en vieillissant mais en entrant dans cette nouvelle pièce certains éléments lui revenaient doucement et elle comprit.

Elle revivait le début de la guerre.

Son père fit un salut officiel, plaçant sa main gauche ouverte sur son épaule droite. Il donna un coup de coude dans le bras de sa fille. Djanesha plaça alors sa main gauche non pas sur l'épaule opposée comme les hommes mais sur son épaule gauche comme le font les femmes face à une personne de haut rang.

En face d'eux assis derrière un bureau de pierre se trouvait un homme d'une trentaine d'années au vu de ses cheveux lissés en arrière et de sa moustache entretenue. Il était vêtu d'une chemise sombre en dessous d'un gilet de cuir ajusté. Seul un foulard rouge enroulé à sa taille dénotait par sa couleur.

Elle pensa d'abord qu'il était beau, avant de réaliser que non il n'était pas beau, il était attirant, envoûtant. Son charme emplissait toute la salle, toute la tour même, de sa présence. Mais à la vue de la fille, ses yeux soulignés de khôl noir s'étaient plissés d'avidité laissant transparaître une pointe de laideur.

Son père, après avoir salué, parla.

— Voila Djanesha Mahanis. Ma fille unique. Ce n'est pas un homme mais je l'ai formée depuis qu'elle est en âge au rôle de général. Je lui ai appris l'art de la guerre. Elle peut se battre et a déjà affronté plusieurs de mes meilleurs hommes. Elle a vaincu à chaque fois. Quant à l'étude des stratégies, c'est le général Kasparnesh qui l'a recommandée après l'avoir eu sous ses ordres pendant trois ans.

Un silence se fit puis son père lui donna un nouveau coup de coude. Les mots sortirent de sa bouche comme si ses lèvres se rappelaient quoi dire alors qu'elle-même ne le savait plus.

— Pendant trois ans en effet, j'ai servi le général Kasparnesh. Malgré mon sexe faible mes capacités ne lui ont laissé d'autre choix que celui de m'enrôler dans son bataillon de recrue dès mes seize ans. J'ai obtenu de meilleurs résultats que tous mes collègues et grâce à cela j'ai été placée dans la liste d'attente pour intégrer votre équipe.

Elle avait récité son texte d'une voix dure et confiante.

L'homme fit signe à Djanesha de sortir. Son père resta.

Les sentiments du passé lui revenaient en vague et ils se mélangeaient à ceux de la Djanesha d'aujourd'hui. Elle n'en avait que faire aujourd'hui, mais à l'époque elle avait tremblé de panique à ce moment-là et était sortie en tentant de toutes ses forces de ne pas s'effondrer.

Tandis qu'elle attendait devant la porte, sa mémoire ouvrit un tiroir. Elle savait qui était cet homme, elle le connaissait mieux que quiconque.

La porte s'ouvrit de nouveau, et son père se tint à côté de l'homme.

— Djanesha Mahanis, ma fille tu as devant toi, Araklis Louek, Haut général d'Ashris, commandant principal de l'armée et ton futur époux.

L'accord avait été négocié et approuvé par son père. Elle n'avait pas cillé à cette nouvelle. Elle avait acquiescé, s'était agenouillée pour signifier son obéissance et était sortie. Elle se souvint comme elle avait pleuré ce soir-là, elle se souvint de la ceinture de son père lui ordonnant d'être heureuse. A présent cela ne lui faisait plus rien.

Elle était assise là seule, dans sa vieille chambre sans âme. Son père militaire, elle avait grandi dans la simplicité et le cadre. Si elle sortait de ce parfait cadre, la ceinture revenait. Elle était donc devenue une personne dure, une jeune femme froide et ordonnée.

Interrompant ses pensées, à sa fenêtre des ailes bruissèrent.

— Ma Erkazin ! se pressa-t-elle avant d'être déçue face à un autre héron. Il était majestueux, encore plus que Ma Erkazin. Il n'était pas gris et bleu, il brillait de milles couleurs, indice de sa jeunesse.

— Je suis Ma Kiar et je viens te prévenir. Un malheur arrivera demain, tu n'y pourras rien. Un autre, par contre, peut être évité. Il pleuvra du sang sur le monde avant que le ciel ne brûle. Apprends l'histoire.

— Rasos O Thanish…

Le Héron disparut aussitôt. Elle n'avait pas compris à l'époque et elle ne comprenait toujours pas.

Elle ne faisait jamais d'erreur et ne laissait aucun malheur arriver. Pourtant il y en avait bien eu une d'erreur.

— Bonsoir mon amour.

A cette même fenêtre, ce n'était pas un oiseau sous le clair de la lune, brillant de douceur. Ses yeux cette fois ci se mouillèrent. Elle fondit en larmes et écarta les couvertures et coussins de son lit, trébucha dans les draps, se rattrapa à une lampe mais n'y prêta aucune attention, elle se jeta au cou du jeune homme brun aux beaux yeux verts.

Cet instant se figea. La jeune fille d'ordinaire si contenue s'enfouit dans les bras du jeune brigand perché à sa fenêtre sous une lune pleine et pâle.

Il ria doucement et voulut l'écarter pour la regarder mais elle prit son visage entre ses mains malgré les larmes mouillant ses lèvres, elle l'embrassa encore et encore, sur le front, les joues le cou, la bouche, elle laissa exploser sa tristesse et son amour.

— Erkyan ! Tu es revenu !

— Cela ne fait qu'un jour Djanesh, mais je suis ravie de voir que je te fais tant d'effet ! Attention par contre, j'ai pas envie que ton père me fasse décapiter.

Il entra dans sa chambre et elle ne put s'empêcher de l'enlacer. Ils passèrent une nuit d'amour comme elle ne l'avait plus vécu depuis quarante ans.

Djanesha une fois remise de ses émotions du présent se replongea dans ce passé et lui expliqua son mariage à venir.

Comme à l'époque il lui demanda de fuir avec lui et comme à l'époque elle dit oui.

Puis ils partirent se baigner au clair de lune dans le lac voisin. Elle savoura ces instants et aurait voulu que l'histoire s'arrête là. Elle plongea sous la surface luisante du reflet de la lune et à son grand regret elle en ressortit au soleil.

Ma Erkazin se trouvait devant elle. Elle se sentit vieille et triste.
— C'est là l'origine de ton premier regret ?
Elle soupira.
— Le lendemain ma mère mourut. Je ne la voyais jamais car elle vivait dans une partie séparée de la maison où mon père l'avait installée lorsqu'elle avait commencé à perdre la tête. Je n'ai pas eu le courage d'abandonner mon père à ce moment-là et je n'ai pas fui.
Erkyan est resté aussi. Pour moi. Mais par devoir, j'ai fini par épouser Araklis Louek. C'est ça mon regret que je vois maintenant.
Des images se mélangèrent dans son esprit. Les bassins d'eau autour d'elle reflétaient chacun une image différente de sa vie. Des images brouillées et illisibles encore pour elle. Mais l'une d'elle devint nette. Erkyan.
— Souviens -toi Djanesha.
A nouveau l'oiseau étendit les ailes et elle plongea dans le visage d'eau de son amant.

III

Elle prit une grande respiration. Elle sortait de son bain et se trouvait dans une salle luxueuse avec des dorures et des pierres précieuses incrustées dans les murs.

Sa salle de bain.

Elle observa encore son visage dans le grand miroir bordé d'or. Il était beau et jeune mais fatigué. Elle aperçut aussi des marques sur ses bras et son dos. Certaines dues à l'entraînement d'autres…

Ses pensées s'interrompirent quand Araklis entra et à la vue de la belle et de son corps nu il s'approcha et l'enlaça. Elle était paralysée. Il commença à embrasser ses joues puis son cou avec langueur. A cette idée, elle se sentit nauséeuse et alors qu'il glissait sur sa peau elle régurgita dans l'évier.

— Djanesha ! Tu es souffrante ?

— Je… je suis enceinte.

Sa grossesse avait été bien déguisée. Araklis attendait la naissance de cet enfant avec impatience. Mais la personne qui était en réel droit de l'attendre était Erkyan, le père de cette merveilleuse petite fille qui allait naître.

Djanesha dont la mémoire palpitait s'en voulut et ne comprenait pas comment elle pouvait ne pas se souvenir de sa propre fille.

La réponse arriva à son accouchement. Erkyan lui proposa encore de fuir avec lui une fois l'enfant né. Ils construiraient leur famille loin de cette ville maudite qui empestait le malheur et la folie.

Cette fois-ci une chose étrange se produisit. Elle voulait dire oui et partir dès que possible mais elle ne put le faire. La Djanesha du présent supplia celle du passé de le faire mais les sentiments la laissèrent spectatrice.

Après des heures de souffrances, l'enfant était là. Ce moment fut si précieux. Elle la prit dans ses bras cette toute petite tête brune, elle était la plus belle chose qu'elle n'avait jamais vue. Elle resta là à lui caresser les cheveux pendant une éternité. Cette caresse, c'était son souvenir le plus pur. Djanesha fut pleine de reconnaissance de pouvoir enfin se rappeler de cet instant.

Alors qu'elle somnolait, un reflet attira son attention. Dans un miroir elle vit Rasos O Thanish et entendit ses mots :

— Il pleuvra du sang sur le monde avant que le ciel ne brûle. Le message doit être entendu. La folie est contagieuse. La tour doit trouver sa fin grâce à l'histoire.

Il disparut très vite ne laissant qu'une longue plume pâle dans la pièce. Puis elle s'endormit.

Elle rouvrit les yeux au-dessus de la crevasse d'eau. Elle fondit en larmes. Ce beau souvenir avait ramené avec lui le plus terrible.

— Il me l'a prise ! Il me l'a prise. Ma fille, mon bébé, Il m'a proposé de partir, j'ai dit non, je devais finir ce que j'avais commencé et... et...

— Il a bien fait.

Elle regarda le héron sans comprendre.

— Non, non il m'a pris mon enfant il m'a dit des choses horribles, je m'en souviens à présent il m'a traité de monstre il m'a, il m'a appelé...

— Oi Sfaebaha, l'aveugle au massacre.

Les mots furent lourds, elle sentit un poids incommensurable se poser sur son dos. Elle ne comprenait pas. Pas encore.

— Quelle image vois-tu ?

Le visage emplit de larmes alors que ses yeux étaient vides de toute émotion, elle se laissa tomber d'elle-même dans l'eau turquoise au visage d'Araklis.

Son cœur lui faisait si mal. Après ce jour, elle avait perdu toute sa chaleur. Elle avait pris toute sa rage et l'avait enfouie puis transformée en ambition.

Elle sortit la tête de l'eau. L'eau du lac dans lequel elle s'était baignée amoureusement auparavant. L'eau n'était ni turquoise ni aux couleurs de la lune. Elle était en train de se teinter de rouge. Des gouttelettes se mirent à ruisseler sur son visage. Elle leva les yeux. Des centaines de hérons en formation serrée volaient juste derrière le nuage de pluie qui se dirigeait avec rapidité vers la capitale dans la vallée. Il pleuvait et c'était ce qui teintait l'eau. Il pleuvait du sang.

Elle sentit son corps plus fatigué et usé, elle avait pris quelques années mais elle trouva un peu de sa force et sortit du lac.

Elle se rua vers la tour d'Ashris. Sur le chemin, elle ne regarda même pas autour d'elle mais elle pouvait bien sentir l'étrange atmosphère.

Elle débopula dans le bureau d'Araklis en furie.

— Du sang ! il pleut du sang !

Personne. Elle ne comprit pas lorsqu'un officier entra, posa sa main gauche sur son épaule pour la saluer. Pourquoi la saluait-il ainsi ? Il était du même grade qu'elle.

— Bonjour Générale ! Voici les rapports des prêtres sur Rasos O Thanish.

Elle ne bougea pas, de peur de faire une erreur.

— Générale, il y a autre chose. Votre mari est là et veut vous voir.

Il salua de nouveau et sortit.

Elle se dirigea vers le rapport quand Araklis entra en trombe.

— Ah te voilà enfin ! Qu'est-ce que tu foutais j'attends depuis une heure.

Il était dans un sale état. Ses cheveux d'habitude si bien coiffés étaient en bataille, sa tenue ne se tenait pas, ses mains tremblaient mais il lui souriait en déballant toutes sortes de choses sans importance. Il était pitoyable.

— Pourquoi es-tu dans cet état ? Pourquoi on vient de m'appeler Générale ?

Il la fixa perplexe puis éclata de rire avant de s'approcher d'elle la forçant à reculer jusqu'à ce que le mur rencontre son dos.

— Tu veux vraiment me rappeler que j'ai perdu mon titre ? C'est ça que tu essayes de faire ?

Cela lui revenait, elle était devenue Générale à sa place.

Et Araklis était gentil avec elle, la plupart du temps. Il lui avait montré comment être une Générale respectée. C'est grâce aux hommes de sa vie qu'elle avait pu monter en grade, elle devait être la seule femme à avoir réussi cet exploit. Ils lui avaient donné le futur qu'on avait voulu pour elle. Elle en était si reconnaissante, elle ferait tout pour leur rendre la pareille. Elle avait obéi à son père et elle obéissait à ce mari, elle devait se montrer digne d'eux. Ainsi il était devenu le serpent qui lui murmure à l'oreille.

Araklis ramassa le rapport. Il le feuilleta puis se pencha à la fenêtre de la tour.

Djanesha le suivit. Elle eut un sursaut en voyant l'extérieur. Une partie des hérons volaient dans le ciel, d'autres étaient posés sur les rebords de la tour, elle baissa les yeux et vit les toits des maisons recouverts d'oiseaux eux-mêmes couverts de rouge par la pluie. Ils étaient là nombreux et ils donnaient toujours le même message. L'un deux se posa sur le rebord. Cette fois-ci elle le reconnut sans aucun doute.

— Ma Erkazin.

La bête ne broncha pas.

— Je ne sais comment tu me connais mais le malheur approche. Le message doit être entendu. La tour doit trouver sa fin par l'histoire. Apprends ton passé pour sauver ton avenir.

— Va-t'en oiseau de malheur ! cria Araklis en remuant ses bras pour faire fuir Ma Erkazin.

— De la pluie à Ashris… Du sang et de la pluie. Ça ne va pas, il faut les écouter ! implora Djanesha.

— Sûrement pas ! Ils apportent le malheur avec eux et nous menacent. Regarde cette pluie rouge, ne les as-tu pas vu l'amener avec eux sur la vallée ? Tu vas aller au grand conseil pour proposer mon, enfin ton plan.

Araklis lui donna les feuilles et sortit, la laissant seule avant le conseil.

Quatre généraux, deux prêtres, trois mécènes, les deux dirigeants officiels descendant de lignée royale, et Djanesha, haute Générale.

Voilà qui régissait le pays.

Au milieu de ces onze hommes, elle écoutait.

— Araklis avait toujours raison !

— Oui mais Araklis nous coûtait trop cher.

— Il n'est plus là de toute façon mais je pense comme lui. Rasos O Thanish est un danger pour notre pays. N'est-ce pas Générale Mahanis ?

Djanesha acquiesça et fit passer son plan. Celui qu'Araklis lui avait confié sans lui laisser le temps d'en deviner le contenu.

— C'est excellent, je propose que vous ayez entièrement la charge de cette mission.

— Ainsi vous serez le visage qui sauvera le monde.

Ils la regardaient tous avec un sourire malicieux, ils lui firent des compliments et insistèrent sur le fait que ses idées étaient fantastiques.

— Votons !

Tout se passa si vite qu'elle eut l'impression d'avoir rêvé.

De retour dans le bureau. Elle fut certaine de s'être fait piéger sans savoir pourquoi. Elle se pencha de nouveau dehors, habituée à la hauteur elle n'y faisait plus attention. La pluie ruissela sur ses boucles noires.

Elle revint chez elle

Rasos O Yafeish

IV

— Je dois savoir ce que j'ai fait Ma Erkazin.
— Je crois que tu le sais déjà.

Elle plongea dans le dernier bassin dont l'eau était rouge.

Le goût du sang s'insinua dans sa bouche. Son visage traînait dans le sable humide. Elle se releva alors qu'elle s'étouffait dans une flaque rouge. Une flèche se planta juste à côté d'elle. Elle se retourna et découvrit l'abominable.

Des cadavres par milliers pleuvaient du ciel. Des cadavres d'oiseaux. Elle était vêtue de cuir épais par-dessus le lin et ses longs cheveux noirs mouillés de sang lui fouettaient le visage alors qu'elle s'agitait dans tous les sens pour comprendre.

De tous les côtés la mort s'acharnait.

En retour, les hérons aux becs acérés piquaient droit sur les soldats. Ils n'essayaient pas de les tuer mais de briser leurs armes tout en répétant :

– Il faut agir pour éviter le grand malheur. Le ciel brûlera si vous ne trouvez pas le secret de la tour du Dieu.

Djanesha eut un instant l'impression de se dédoubler. Au milieu de ce massacre elle devint à nouveau spectatrice de la Djanesha du passé et celle- ci n'avait aucune compassion. Elle suivait sa conscience, mais sa conscience ne lui appartenait pas.

Un héron plongea sur elle, elle ne put que s'observer coupant la tête de l'animal.

Le massacre était en marche. Il dura plusieurs années. La Générale Djanesha Mahanis avec son bataillon des sables était maintenant connue, elle était celle qui envoyait ses guerriers à travers le monde pour anéantir Rasos O Thanish.

Une partie du peuple la félicitait de vaincre l'ennemi tandis qu'une petite partie continuait de croire que le Héron devait être écouté. Lorsque ces personnes voulurent faire entendre leur voix, ils mirent en route une révolte. Un soir ils s'introduisirent dans la tour où vivaient maintenant Djanesha et Araklis. Les attaquants firent exploser la chambre, Djanesha fut projetée contre un mur et se brisa plusieurs côtes. Lorsqu'elle se releva un sifflement dans l'oreille la laissa sourde d'un côté. Elle vit Araklis mort à ses côtés.

Avec l'accord et l'aide du grand conseil, elle le vengea. La révolution prit fin.

Cinq ans plus tard, le pays était sauvé. Tous les hérons étaient morts. Le sable d'Ashris était rougi de sang mais au moins le malheur ne serait plus.

Comme preuve la pluie ne revint pas et les habitants devenus hargneux et mauvais à cause des bêtes furent plus apaisés et généreux.

Djanesha était épuisée, elle avait des cicatrices sur tout le corps, des marques de becs et de serres, mais elle avait réussi. Son père en serait si fier. Les hérons responsables de leur malheur étaient morts.

A son retour, elle fut bannie du conseil.

Plus elle avait avancé dans les souvenirs de sa vie et dans son combat plus tout lui semblait irréel.

Elle avait l'impression de marcher dans le désert, le sable pesait lourd sur chacun de ses pas et au fur à mesure qu'elle avançait elle se sentait glisser, elle se faisait engloutir par le désert.

Cette partie de sa vie s'était peu à peu effacée alors qu'elle était partie en direction de la mer et qu'elle avait tourné son regard vers l'horizon bleu. A l'époque, tout était sa faute. A l'époque elle avait déçu le monde et n'était plus digne de vivre.

Aujourd'hui les coins du parchemin de sa vie s'alignaient. Elle pouvait enfin y lire la vérité. Elle pouvait enfin reconnaître ses crimes. Des crimes qu'elle avait commis sous l'emprise de la maladie. Celle qui ronge le cœur et brouille nos pupilles. Celle qui s'infiltre en nous depuis l'enfance ou qui parfois consume nos gènes depuis plusieurs générations. Le besoin intense et impérieux d'être vu. Une maladie assoiffée de reconnaissance qui nous chuchote de rendre fier. Pas un besoin de gloire aux yeux du monde mais seulement par les êtres aimés. Ceux qui ont eux-mêmes eu cette affliction et qui nous l'ont donné croyant pouvoir s'en débarrasser.

Ainsi Djanesha était en train de la guérir avec ses propres mains. Elle enlevait le voile noir et pourri qui gangrenait son cœur. Elle ne serait plus ni douloureuse ni contagieuse à présent.

C'est ainsi transformée qu'elle sentie à nouveau l'air marin et le soleil brûlant sa peau mate. Elle ouvrit les yeux.

— Qui es-tu Djanesha ?
— Je suis comme toi. Je suis Rasos O Thanish.

Le héron écarta ses imposantes ailes, et d'un mouvement vif il s'envola emportant Djanesha sur son dos. Ils se détournèrent de la mer.

Ils ne pouvaient pas apercevoir les maisons de la capitale mais la tour, elle, se tenait fièrement droite, visible depuis le bout du monde et les attirant comme un trou noir.

Ils survolèrent le désert et les villages des sables pendant longtemps avant d'enfin approcher de la tour d'Ashris. Elle ne douta pas de la direction de Ma Erkazin même quand celui-ci remonta la paroi à toute vitesse avant de s'arrêter face à une arche donnant sur un couloir.

Ils se posèrent et Djanesha longea les murs intérieurs. L'argile rugueuse laissait une poussière ocre sur ses doigts. Alors qu'elle avançait à pas feutrés se laissant guider par son instinct elle entendit une voix. Une voix de femme qui donnait un ordre. Une autre voix timide répondit avant de faire claquer ses sandales dans le monte-tour. La voix féminine se tut et ses pas se dirigèrent vers l'intruse.

Les deux femmes se retrouvèrent face à face.

C'était une personne d'une quarantaine d'années. Ses cheveux noirs ondulés étaient attachés sur un côté de son visage et elle portait une tenue officielle. Elle était très belle, emplie de confiance et dans ses yeux dansait la douceur. Elle était la perfection pensa Djanesha. Alors elle comprit.

— Qui êtes-vous jeune fille et comment êtes-vous arrivée ici ? dit la femme avec méfiance.

Djanesha en oublia presque son apparence, son physique était celui d'une jeune femme de trente ans, bien plus jeune que son interlocutrice. Mais elle n'en avait que faire, elle avança, les paupières humides, et serra la femme contre elle.

— Linesh, ma fille, pardonne-moi.

La femme la rejeta en arrière pour se mettre en position de défense. Djanesha n'insista pas. Après tout, elle ne la connaissait pas et il valait mieux que cela reste ainsi. Elle l'avait abandonnée et n'avait pas le droit de lui reprendre une partie de sa vie.

Linesh se figea en remarquant l'autre invité.

— El Rasos... ici...

Elle était pétrifiée et sursauta quand il parla.

— Linesh, ton peuple se meurt, il devient fou depuis des décennies. La tour les entraîne dans la démence depuis son arrivée. Maintenant la fin est proche.

Elle ne savait que penser puis se détendit.

— Je le vois bien. Le peuple est mauvais. Les gens sont de plus en plus agressifs et causent des émeutes sans aucune raison. C'est à cause de vous dit-on. Lorsque vous avez disparu, tout allait mieux. Si vous êtes là, c'est que tout est vrai.

— Tu dis cela mais je sens bien le doute en toi, tu n'as pas été salie par les rumeurs et tu as été élevée dans l'amour, répondit l'animal, ses mots pinçant le cœur de Djanesha. Ton doute me suffit car si tu doutes alors tu es ouverte à la vérité. Venez avec moi.

Djanesha, pleine de regrets, le suivit et invita Linesh sans dire un mot. Il vola le long de la tour toujours plus haut jusqu'à dépasser les nuages. Un instant plus tard, ils se trouvaient dans une large pièce sombre. Tous les murs étaient couverts de texte en langue ancienne.

— Personne n'est jamais venu ici, se rendit compte Linesh en découvrant qu'il n'y avait aucune porte ou escalier.

Elles étaient dans la partie inaccessible de la tour. La fenêtre arquée était la seule entrée. La pièce ressemblait à une grande caverne, elle avait même l'air vivante. En touchant le mur on pouvait sentir de la chaleur.

L'endroit relatait l'histoire.

La légende raconte que la tour est née d'un miracle grâce aux pouvoirs d'Ashris mais la vérité n'est pas ainsi. La tour vient des hommes. Un homme en particulier était atteint de cette maladie, de ce besoin de reconnaissance et pour tenter de la soigner il a voulu devenir un Dieu, entraînant avec lui des centaines de personnes il a renié les vrais dieux et plus son culte grandissait plus il plongeait ces dieux dans l'oubli.

Dans un dernier effort Ashris construit la tour. Elle serait le renouveau ou bien la fin des Hommes.

Elle se nourrirait de tous les sentiments et continuerait à pousser jusqu'à atteindre les cieux. Plus les maladies du cœur se répandraient et plus elle grandirait jusqu'aux jours où elle toucherait les ténèbres alors la fin serait là.

Guérir une maladie du cœur est la chose la plus difficile au monde, il aura fallu quatre-vingts ans et un peu de magie à Djanesha pour y parvenir. Comment soigner un peuple entier maintenant qu'il était trop tard. Linesh longeait les murs et dit tout bas :

— Si cette histoire est bien vraie alors les hérons ne sont pas la cause des malheurs ni même les messagers de la mort mais …

— Rasos O Yafeish, les messagers de l'espoir !

Linesh avait pris sa décision. Il fallait agir et elle croyait aux présages.

Elle avait d'abord dû se battre au conseil pour faire approuver sa demande. Il était impossible pour Ma Erkazin de se montrer ni de les guider vers la salle. Elle avait usé de tout son charme pour les convaincre, mais le conseil était stupide, ils étaient tous atteints de maladie du cœur qui les rendaient sourds.

Alors elle partit en quête d'aide.

Djanesha quant à elle décida d'explorer la tour, elle resta longtemps dans la caverne de l'Histoire pour en comprendre le moindre mot.

C'est après deux ans à traverser le pays que Linesh revint à Ashris, amenant avec elle une armée pour qu'ensemble ils mettent fin à la suprématie de la tour.

D'abord ils calmèrent les émeutes, ensuite ils s'opposèrent au conseil qui ne faisait qu'accentuer les colères du peuple. Puis ils creusèrent, coupèrent, cassèrent les fondations mais il fallut beaucoup de temps, d'efforts et de guerre contre la véritable armée d'Ashris pour entailler l'argile.

Djanesha faisait tout son possible pour user à bien de sa deuxième vie en étudiant les étages d'histoire jusqu'au jour où la pluie de sang revint.

La pluie dans le sable bouillant. Les gouttes devinrent grêle ensuite puis la grêle s'affina et devint tranchante.

Il pleuvait du verre ensanglanté.

A cet instant Djanesha comprit que c'était la fin du monde. Le ciel brûlera lui avait dit Ma Kiar. Et là le ciel pleurait, chantait et brûlait en même temps. Des nuages prirent feu et le verre qui tombait devint brûlant après quelques jours. Personne ne sortait. La ville était rouge et la panique avait éclaté. La folie s'emparait du monde. Des familles entières sortaient et priaient sous le verre chaud.

Alors Djanesha se décida. Elle monta sur le dos du Héron.

— Amène moi tout en haut. Et il le fit.

Et alors qu'ils entamèrent la montée. Essayant d'éviter la pluie de verre. Un miracle se produisit : Des milliers d'oiseaux géants aux plumages colorés et aux longs becs foncèrent sur la ville. Dans un ballet majestueux, ils se serrèrent pour ne former plus qu'un. Partant de la tour ils créèrent un immense rideau protégeant la vallée de leur corps.

Vu d'en dessous c'était une vision du paradis.

Tous ces plumages gris bleus, nacrés, brillaient et réchauffaient le peuple.

C'était si beau et on se sentait si bien dans ce cocon.

Djanesha traversa le rideau et la vision ne fut plus la même. D'au-dessus, le sang dégoulinait sur leur dos. Des morceaux de verre se plantaient dans leurs ailes.

Djanesha fut prise de colère contre les hommes et contre elle-même pour ce qu'elle avait fait. Elle se calma en voyant une minuscule gouttelette d'eau dans l'œil jaune de Ma Erkazin. Elle les avait détruits et ils allaient mourir pour eux. Depuis le début ils veillaient sur eux, ils n'étaient pas juste des messagers mais des protecteurs.

Ma Erkazin et Djanesha rasèrent la paroi inégale pour éviter la pluie, la remontée dura des heures qui devinrent des jours, s'arrêtant parfois dans une pièce du bâtiment pour se reposer et lire les parois.

Dans chaque pièce, un morceau de l'Histoire, celle des hommes mais aussi celle des cieux, celle des anciennes civilisations et des futures étaient inscrites. Tous les secrets de l'univers s'éparpillaient comme des pièces de puzzle à assembler. L'exploration de la tour prit bien plus que quelques jours mais Djanesha n'avait plus de notion du temps et elle devint plus savante à chaque étage, se nourrissant de tous les secrets du monde.

Elle ne savait pas ce qu'était devenu le monde d'en bas, si sa fille et les Hommes étaient déjà tous perdus, s'ils avaient fui ou s'ils survivaient grâce aux hérons. Mais peu lui importait maintenant elle ne laisserait pas ces sacrifices vains et elle en savait trop pour s'arrêter là.

Elle se sentait vieille. Son corps lui faisait mal. Mais elle continuait même lorsqu'elle avait dépassé les nuages de feux, même après s'être brûlé le dos en protégeant celui de l'oiseau.

La dernière pièce n'avait pas de toit, elle n'était pas encore formée. L'argile remontait pour créer des murs et des arches.

Lorsqu'enfin elle se trouva au sommet, elle avait les connaissances des Dieux

Rasos O Yafeish

V

Depuis le sol de l'ouest, Karjek est une ville remontant la montagne comme il en existe tant d'autres dans le pays. Mais depuis la mer de l'Est Karjek est unique.

En y arrivant vous noterez, le marché, les habitants, les bâtiments et tout en haut vous verrez cette petite maison. Ce que vous ne saurez jamais c'est l'histoire dans cette maison, à la place vous aurez un aperçu de l'avenir. Voyez-vous ces enfants qui courent et sautent dans les flaques ? Entendez-vous les rires et l'amour qui emplissent ce lieu ? La vieille femme assise avec eux, il parait que sa mère était plus jeune qu'elle et qu'elle a vécu deux vies ! Elle ne le sait pas mais c'est grâce à elle qu'elle peut regarder l'horizon en savourant le futur.

Lorsque vous arriverez à Ashris, vous remarquerez toutes ces ruines et ces maisons en chantier.

Si vous vous promenez vers le centre de la ville, vous trouverez une immense ruine, vestige d'une ancienne tour et vous entendrez des légendes.

L'histoire des oiseaux salvateurs et de la vieille femme. Celle qui est montée tout en haut des cieux, celle qui selon certains, a pactisé avec les nouveaux dieux, celle qui a donné sa vie pour des milliers d'autres. Personne ne saura jamais ce qu'elle a dit aux Dieux pour les convaincre.

Même les meilleurs peintres ne pourront jamais reproduire le mirage de la tour d'Ashris s'effondrant sur elle-même tandis qu'une vieille femme et un héron tombaient avec elle, lumineux.

LE BISCUIT

Virgile Fondanaiche

Les pales du ventilateur fendaient l'air chaud. Il était péniblement soutenu par de vieilles chevilles au plafond jaunâtre. Ses larges hélices balayaient de leurs ombres dansantes une véranda silencieuse.

L'odeur de café moulu imprégnait la pièce. Des accents vanillés comme une rosée matinale s'invitaient bienvenus par cette chaleur estivale.

Une porte à gros carreaux de verre était entrouverte sur un balcon de pierres blanches jonchées de pots fleuris. Le son des passants sur la grande rue Bourbon se dessinait à travers les épais feuillages. Les rayons de soleil l'accompagnaient et venaient dessiner de rayures dorées l'intérieur bien rangé de l'immeuble.

Une grande feuille de bananier acquiesçait au vent et une langue de lumière se permettait de venir lécher le bord d'un ramequin. Il trônait en maître sur un petit guéridon d'acajou. Lui-même siégeant auprès d'un rocking-chair occupé.

Un biscuit intouché reposait dans la petite assiette au milieu de quelques miettes, probablement laissé par un semblable dégusté au combat.

Le rocking-chair se balançait au rythme du ventilateur plafonnier. L'occupante était une vieille dame.

L'enveloppe était fatiguée mais ses deux petits yeux ocres semblaient aussi vifs que ceux d'un guépard. Ils scrutaient le biscuit.

Il était à portée de sa main, mais cela ne semblait pas être la faim qui habitait ce regard.

A y regarder de plus près. Quelque chose avait lieu sur ce biscuit.

Aux abords de la partie concave du biscuit. Là où le bon chocolat n'était pas encore présent. Une fourmi osa poser une première patte.

Elle avait encore cinq pattes sur la porcelaine. Et religieusement elle tâtait la surface beige poudreuse des bords du biscuit. Ses fines antennes se tortillaient. Et elle leva la tête. Le trésor avait l'air bien plus haut. Le rayon de soleil curieux lui aussi, caressait le haut du biscuit par intervalle de bananier.

Le biscuit

Du point de vue de la petite fourmi la montagne brune de cacao devait briller à son sommet comme le mont olympe.

Ses antennes refirent un tour, puis ni une ni deux, son corps se mit en action et elle escalada la colline sableuse.

La vieille dame dans son rocking-chair ralentissait le balancement, sans lâcher du regard la curieuse aventurière. Ses doigts arthrosés serraient les accoudoirs comme les vieux arbres s'enracinent même sur la pierre. La fourmi était face au mur de chocolat. Immaculé et solide. Elle y apposa ses quatre pattes avant. Elle pouvait y contempler son reflet. Les antennes dansaient.

Elle claqua des mandibules à répétition, puis alors qu'elle allait croquer dans la paroi, cessa de trépigner et leva la tête. Elle ne pouvait voir le sommet. Et pourtant elle le contempla.

La vieille dame qui allait se désintéresser, se remit à la suivre de son regard perçant.

Après une courte hésitation, l'insecte entama l'ascension de la muraille chocolatée. Elle glissa par moment puis finalement atteint le pic, sortant de l'ombre. Le soleil la baigna d'une couleur dorée. Ainsi que l'immense vallée qui reposait sous ses yeux.

La petite fourmi s'aventura, une patte après l'autre sur le continent chaste. Ses mandibules claquaient. Elle marchait doucement. Jusqu'au

Le biscuit

centre du biscuit. Là où le doux soleil de la nouvelle Orléans avait le plus travaillé. Le chocolat avait récemment fondu. Et sous son regard affamé, le trésor apparaissait. Les effluves vinrent d'abord, plus sucrées que du sucre. Une tendre chaleur et enfin à sa vue, un or liquide. Plutôt teinté de topaze, un cuivre mielleux. Rond et doux. Le nectar des dieux que seuls peu de ses congénères pourraient se vanter un jour ne serait-ce que de l'avoir aperçu.

Un cœur de caramel, baignant dans une mare chocolatée, à portée de ses mandibules.

Les rides de la vieille dame s'étirèrent de tout leur long sur ses joues brunes. Un sourire qui la rendait heureuse et belle.

Mais ce ne fut pas la place au bonheur absolu de la dégustation de cette ambroisie qui suivit.

Ce fut la peur qu'elle lut dans les petits yeux fébriles de la fourmi.

Ses antennes ne dansaient plus. Elles se tétanisaient. Les lèvres de la vieille dame formèrent un rond de surprise.

Les pattes de l'insecte étaient complètement embourbées dans la vase mouvante. Et le soleil continuait de venir lécher la tendre vallée.

La terreur fit sa place sur le visage de la vieille dame. Comme pour chercher de l'aide, sa tête pivotait de tout côté. Elle émit un petit gémissement mais elle était seule dans la véranda. Son regard se reporta sur le biscuit.

Le biscuit

La fourmi semblait condamnée. La vieille dame paniquait.

Elle allait assister à son trépas, impuissante. Quand soudain elle vit à quelques centimètres du guéridon une petite file de fourmis.

Elles se déplaçaient à la queuleuleu en direction d'une miette sur la baïonnette du câble électrique plaqué au mur.

Elle prit une grande inspiration. Le moment n'était pas à la panique. Des renforts sont là.

Elle arrêta de se balancer dans le rocking-chair, enfonça son derrière correctement au fond du siège et avec ce qui semblait nécessiter toutes ses dernières forces, se saisit de sa canne.

Elle barra la route aux renforts en apposant le long morceau de bois contre le mur sur la baïonnette. Et déposa l'autre extrémité sur le guéridon qui était à peine à portée de main. Créant ainsi ce qui allait devenir le pont de la salvation.

Les fourmis, bloquées par ce changement d'environnement, l'empruntèrent jusqu'au guéridon. Duquel elles firent un tour, surprises de ce nouveau lieu. Puis dirigées par leur instinct primaire se tournèrent d'un seul insecte vers le ramequin blanc. Et toutes les antennes se mirent à frétiller.

La vieille dame sourit.

Elles arrivèrent sans accroc jusqu'aux abords du biscuit, et se mirent rapidement à tailler dans la pâte sèche goulûment. Certaines d'entre elles ne pouvant y accéder, passèrent par-dessus leurs congénères et accédèrent plus haut jusqu'à la paroi de chocolat. Elles y découvrirent un tout nouveau plaisir, duquel les premières arrivées les rejoignirent bientôt.

La vieille dame craignit qu'elles n'arrivent trop tard pour sauver l'éclaireur trop curieux.
Cette peur ne fit que s'accentuer par ce qui suivit. Les renforts aveuglés par la faim ayant tailladé dans la paroi de chocolat atteignirent trop vite le cœur, libérant ainsi un flot de caramel coulant dans le tunnel creusé. Ce fut une catastrophe, des dizaines d'entre elles suffoquèrent sous la vague instoppable et de nombreuses autres furent engluer à la sortie du tunnel.
La situation était devenue dramatique. Une lueur d'espoir naquit au loin.
Très rapidement obscurcie par un inquiétant pressentiment. Cette lueur n'en était pas une.
C'était une menace, et elle venait de l'est. C'est d'abord du coin de l'œil qu'elle les vit arriver.
Toute une cohorte.
Deux fois plus massives que celles venant d'arriver, des mandibules tranchantes comme des rasoirs et l'abdomen bombé à la recherche du combat. Elles couraient dans l'ombre sur la canne en direction du biscuit. Elles furent bientôt toutes sur le guéridon avant que la vieille dame n'ait le temps de réagir.

Elles se regroupèrent, et les antennes frétillantes se laissèrent balayer par le rayon de lumière afin d'afficher leur couleur. Du rouge. Des fourmis rouges ! Les plus coriaces et redoutées parmi leurs semblables.

L'une d'entre elles ayant perdu son chemin se retrouva face à quatre des renforts qui avaient préféré déserter le biscuit suite à la coulée de caramel et s'attaquaient à des pauvres miettes.

Le spectacle qui s'en suivit fit froid dans le dos.

La nouvelle venue en saisit une première par la tête et la lui arracha. Écrasa de ses pattes avant sa voisine trop absorbée par sa nourriture. Les deux dernières se mirent sur les quatre pattes arrière de colère et se jetèrent sur l'assaillante.

Celle-ci ne cria pas de douleur lorsque les mandibules se plantèrent dans sa carapace. D'une violence inouïe, elle secoua son corps et envoya voler les deux plus petites fourmis. Elle se cabra et fixa ses antennes, les deux atterrées cessèrent définitivement de bouger lorsque leurs crânes se brisèrent sous les lourds sabots garnis d'épines du monstre.

Le sang rouge bardant son corps se camoufla à la couleur de sa carapace, elle claqua ses mandibules alors que le soleil vint taper sur l'arrière de son crâne.

Le biscuit

La vieille dame détourna le regard lorsque l'ombre vindicative du fléau dévora les carcasses de ses faibles semblables.

Pendant ce temps le reste des troupes rouges formèrent une ligne, sur le nord du ramequin. Côté opposé aux renforts. Et chargèrent.

Plus rien ne pouvait les arrêter.

Les rayures balayant la véranda semblaient s'accélérer.

Dans son rocking-chair, elle fronça les sourcils. Pas cette fois. Pas de son vivant. Un coup de langue au palais plaqua son dentier. Elle cligna plusieurs fois des yeux, mit les lunettes pendantes à son cou, et vissa la visière de plastique vert transparente sur son crane garni de cheveux blanc frisés.

Elle prit reconnaissance de l'état du terrain. Le champ de bataille s'orientait du Sud au Nord avec les flancs Est et Ouest pour l'instant désertés. L'atout était coincé en son centre. Le soldat éclaireur Curieux, enlisé bientôt jusqu'au cou dans le butin de guerre.

Au Sud la Première Cohorte de Renforts était coincée au pied du Mur de chocolat, une bonne moitié de la Première vague était soit tombée au combat absorbé par le caramel ou bien coincée par celui-ci.

État des troupes, une quinzaine de morts, blessés, et une dizaine de soldats attendant les ordres.

La Deuxième vague, pour la plupart plus petits de taille mais à l'abdomen ayant l'air plus long étaient en train d'attaquer le Pourtour Poudreux.
État des troupes, quatre mangées au combat, une trentaine de soldats attendant les ordres. Dont une dizaine à la particularité abdominale indiquant une présence d'ailes.

Côté Nord, les disciplinés Rouges avaient presque fini de dévorer le Pourtour Poudreux.
État des troupes, un bataillon d'une quarantaine de soldats. Notons la puissance de feu de deux Renforts pour une Rouge à vue de mandibules.

Le bilan ne fit pas sourire la vieille dame mais elle avait connu pire et l'abandon n'était pas une option. Il fallait sauver le soldat Curieux.

Les inexorables Rouges tailladaient toujours le biscuit et certaines d'entre elles arrivèrent au grand Mur. Notre avantage était là se dit la vieille dame. Nous connaissions le terrain. Les coulées de caramel allaient les ralentir.
Elle grimaça.
Le sort était contre nous.

Le biscuit

En plus d'être puissantes, elles étaient malignes. Quelques crocs furent lâchés dans la paroi, mais ils ne servirent que de prises pour leurs pattes pour entamer l'ascension.

Comment avaient-elles anticipé le caramel ? Sentaient-elles le danger de croquer directement un tunnel. Ou bien était-ce seulement la soif de sang qui voulait les conduire plus vite au champ de bataille. Un instinct de tueuse prévalait ?

Leur force de frappe jouait contre nous, il allait falloir les diviser. Arriver dans la Vallée, nous n'aurons aucune chance à nombre égal au corps à corps.

Un éclat pétilla dans le regard de la générale des armées, elle avait une idée. De deux doigts squelettiques elle saisit la broche nacrée ajustant son haut de lin rose.

C'était un beau coquillage à la paroi d'une iridescence perlée. Juste assez de réflectance pour voler les minces rayons de soleil patinant ses genoux. De petits mouvements mesurés, elle vint mettre de l'ordre dans ses troupes. La vive lumière brûlante pour de si petites unités eut tôt fait de les faire bouger.

Elle déporta un escadron de la Première cohorte sur le flanc Est du grand mur, les faisant reprendre le travail sur la paroi.

Un détachement de la Seconde fut amené à escalader la paroi Sud. Et elle dispersa le reste de la

Le biscuit

Première sur toute la longueur du mur. Elle allait avoir besoin de surface dans la vallée.

Le reste de la Seconde continuait le gros œuvre sur le biscuit, la vieille dame profita de l'atout des unités ailées pour les faire accéder aux hauteurs de la paroi et préparer des prises pour l'ascension du gros des troupes. Le Plan était simple, se faire voir sur les sommets chocolatés Sud ce qui semblait le gros des troupes.

Diviser leur force avec l'escadron kamikaze sur le flanc Est. Et compter sur l'effet de surprise de la Seconde qu'elle enverra à revers, forte de mandibules aiguisées à la paroi sableuse.

Les troupes prenaient place merveilleusement, il allait falloir agir vite, les Rouges avaient presque atteint le sommet Nord. Elles étaient fortes mais plus lentes. La vieille dame connaissait ces infanteries lourdes, mortelles de plein front. Une embuscade les poussant à la manœuvre revenait à les rendre inoffensives.

La détachement Kamikaze avait bientôt atteint le caramel à l'Est, d'un coup de broche elle les espaça encore, agrandissant le trou.

La stratégie était au point. Et pourtant, l'appât ne prenait pas. Elle comptait sur la soif de sang de l'ennemi pour précipiter une partie de ses forces à l'Est. Mais ne réagissait pas, il continuait obstinément son ascension. Le soldat Curieux avait les mandibules sous la surface, ses antennes se débattaient comme si elles y pouvaient quelque chose. Et les Rouges grimpaient. Et leurs crocs claquaient. Et bientôt, la vague rouge déborda des montagnes. Et Curieux vit la mort dévaler les pentes cacaotées. Impuissant.

— Belle après-midi madame Tamara ! Oh que le soleil fait du bien à la maison !!

La vieille dame sursauta, faisant tomber sa broche qui se brisa au sol. Elle soupira tristement.

La jeune fille qui avait fait irruption dans la pièce attrapa une pile de vêtements impeccablement pliés.

— Tout va bien, vous avez besoin de quelque chose ?

— Euh.. Non, non merci Mary, bredouilla madame Tamara.

— Très bien ! Vous me dites si vous avez besoin de quoi que ce soit ! C'est bientôt l'heure du film avec les autres je passerai vous chercher dans dix minutes ! s'exclama Mary pleine d'énergie.

— Oh.. Oui merci.

— Je vous en prie madame Tamara !

Elle coinça délicatement les tissus sous son bras et du bout des doigts se saisit d'un plateau de verres plus ou moins remplis traînant sur une commode voisine. Fit un grand sourire et s'en alla par la double porte battante entrouverte sur le couloir éclairé.

La vieille dame reprit ses esprits et ramena son regard vers le champ de bataille.

Le biscuit

La situation était extrême. Son cœur s'emballait, plus rien ne pouvait empêcher l'assaut. Elle ouvrit la bouche de panique en quête d'oxygène et soudainement se tourna vers le couloir.

— Mary ! s'écria-t-elle.

Elle entendit quelques pas trottinant. Et la dénommée déboula finalement dans la pièce toujours le bras chargé. La requête fut curieuse pour la jeune femme, et après avoir tenté vainement à plusieurs reprises de proposer d'en apporter une neuve, elle obtempéra et adressa la demande de la vielle dame pressée.

Elle lui tendit une coupe à demi pleine de grenadine siégeant sur le plateau.

Tamara s'en saisit comme si sa vie en dépendait et remercia Mary.

Étonnée la jeune femme s'en retourna vers le couloir sous le regard pressant de l'occupante du rocking-chair. Alors qu'elle s'y glissait, elle soutint une dernière fois le regard qui fut accompagné d'un large sourire voulant plus dire "Partez vite !" que mille mercis.

Une fois seule la vieille dame engloutit une grosse gorgée du breuvage et tendit le cou vers le guéridon. Elle fronça les sourcils comme pour se concentrer et vit les Rouges bientôt à portée de crocs du soldat Curieux, terrifié.

Animée d'une fougue jeunesse, elle gonfla les joues et cracha un trait du précieux liquide aux abords Est du biscuit. La charge ne dévia pas.

Ses rides frontales se plissèrent violemment. Un autre court trait parti, celui-ci manqua l'assiette et la tireuse faillit s'en étouffer. Des gouttes de sueur lui perlaient les tempes. Un nouveau tir, dans le ramequin, mais bien trop loin pour attirer l'ennemi. Elle rechargea, tira à deux reprises cette fois ci beaucoup plus proche mais rien n'y faisait, les rouges étaient maintenant à moins d'un centimètre du soldat commençant à étouffer dans son lit d'or.

Le verre aurait été considéré vide pour un serveur pressé d'avoir son pourboire, mais pas pour Tamara.

En tant de guerre, une balle est une balle. Et une balle, ça peut être la vie.

La grenadine au fond des bajoues, l'œil ouvert du sniper, le souffle coupé, le silence se fit, les images de Sidney Poitier dézinguant colt .45 au poing, imprimées sur la rétine.

Tamara fit feu.

Le dentier trembla mais le jet partit comme un éclair.

Et comme un OVNI attiré par le Texas à des millions d'années lumières, le projectile couleur sang fit mouche et vint asperger d'une trajectoire divine le bord Est de biscuit. Juste au sommet de la paroi où la troupe kamikaze avait bientôt atteint le caramel.

Le biscuit

Et là-dessus aussi, la vieille dame avait fait mouche. Ni une ni deux, la troupe aux crocs acérés se détourna du centre du biscuit à la vue du liquide rouge. Et s'y précipita.

Un petit rire diabolique échappa à la tireuse.

D'un seul homme, l'entièreté des troupes se jeta sur le liquide.

La déception gagna vite les rangs lorsqu'elles comprirent la supercherie, mais à la vue en contrebas de la montagne des naïves troupes à leur merci l'assaut fut relancé.

Quel spectacle. Le piège se referma sur elles avec un timing sans faute. Les corps rouges et noir mêlés furent bientôt tous dorés. Les rares antennes réchappant de l'enlisement frétillèrent une dernière fois. Et bientôt toutes rejoignirent leurs sœurs dans l'au-delà, épouses de pharaons, enterrées vivantes sous le poids de leur trésor.

Tamara se détendit dans son fauteuil. Elle n'en attendait pas tant de la manœuvre.

Cette victoire aurait dû mettre un peu de bonheur dans son cœur. Mais curieusement elle ne lui en apporta pas. La casquette de générale ne suffisait pas à l'éloigner de ce qui faisait palpiter la vie.

Peut-être n'y avait-il jamais de bonne fin. Peut-être n'y avait-il rien d'autre qu'elle aurait pu faire autrement. Peut-être toutes ces années elle avait regardé le mauvais responsable. Certains poisons n'ont tout simplement pas d'antidotes.

La première cohorte de renfort arrivait au sommet du flanc Sud. L'amère victoire s'étendait sous leurs yeux. Et le cœur du soldat Curieux re battit d'espoir à la vue de ses compagnonnes.

Tamara déglutit difficilement et regarda de ses yeux doux la fin se dérouler.

Le soldat Curieux enfin extirpé, à bout de souffle. La première cohorte dégustant le butin de guerre.

Tout est bien qui finit bien. Si seulement.

Une première tête vola. Elle tournoya et se planta dans la vallée de chocolat.

Les survivantes n'eurent pas le temps de se retourner qu'une autre roula à leurs pattes.

Afin de rendre cette séquence plus tragique, le point de vue s'abaissa au niveau du soldat curieux.

Il leva la tête, sa vision était engluée et il ne distingua qu'une forme trop imposante pour être une sœur de bataillon. Les pattes avant de la silhouette se saisirent d'une forme plus frêle et avec une force inimaginable, l'écartelèrent. Elle porta le haut du corps décortiqué au-dessus d'elle, et en fit couler le sang sur son propre visage.

Curieux s'essuya les yeux malgré son corps pétrifié de peur. Il distingua l'horreur. Le rouge, celui du sang de sa sœur, mais surtout celui en dessous. Celui de la Mort. Et celle-ci posa en retour ses yeux sur lui.

Le biscuit

Elle n'avait pas de lèvres, et pourtant elle, elle sourit. "Rassure-moi, tu n'espérais pas t'en sortir petite sœur ? Dit-elle froidement."

Le cœur de curieux s'emballa, ses congénères couraient en tous sens par-dessus les membres déchiquetés de la cohorte.

"Hahaha ! Cette vallée d'or m'appartient. Et j'y noierai le sang de vous toutes. Et ça, il n'y a rien que tu puisses y faire. Énonça-t-elle cruellement."

Le soldat était terrifié, le corps paralysé par les paroles de mort. Il croyait devenir sourd sous le bruit assourdissant du champ de bataille, des courses effrénées des apeurées, du bouillonnement du fleuve d'or, du vrombissement de ses congénères ailées tentant d'évacuer les rescapés, des râles d'agonies qui perçaient le brouhaha sombre de la guerre.

Mais la voix de la Rouge sonnait comme si la voix de dieu faisait taire les plus pécheurs des rangs de la paroisse.

Il était au dernier parloir, nul besoin de confesser, l'exécutrice lisait dans son regard déjà mort comme dans un mémoire qu'elle aurait rédigé des années durant. "Sais-tu pourquoi cela doit se passer comme cela ?

Laisse-moi te le dire avant que je ne me repaisse de ta carcasse. Dans le monde existe une affliction, une maladie. Nul ne peut l'arrêter, et nul n'y est insensible. Si du bien elle cause à certains, elle finira toujours par les démunir d'âme."

Le biscuit

Elle s'approchait de lui, elle était bien plus grande que les autres Rouges, le caramel lui coulait encore sur la carapace, elle était sortie du gisement à la seule force de ses pattes.

— Certains luttent contre elle, d'autres l'évitent, et encore d'autres la subissent.

Mais certains... Certains s'en nourrissent, s'en abreuvent et s'en délectent !

Ses pattes velues vinrent se planter autour du champ de vision de Curieux, l'haleine putride de la géante lui obstruait les narines.

— Tu n'es qu'un insecte. Le monde est injuste, et même pour les plus gros, il y aura toujours une plus grosse bête !! finit-elle alors qu'elle envoya sa patte tranchante en finir avec le cou du soldat curieux qui ferma les yeux."

La vallée entière trembla et se fractura, une gerbe de sang éclaboussa les alentours.

Un bruit atroce de carapace écrabouillée accompagna un cri étouffé.

Le soldat Curieux rouvrit les yeux sur le corps aplati de la grosse Rouge, s'envolant vers les cieux, collé à un immense monolithe.

— Madame Tamara !! Que faites-vous debout ?! Attention !

Mary avait fait irruption dans la pièce et s'était précipitée auprès de Tamara qui se tenait droite

Le biscuit

comme un piquet l'index sévèrement planté dans le biscuit.

Elle se rassit péniblement avec l'assistance de la jeune arrivée.

— Mais enfin qu'est-ce qui vous est passé par la tête ! C'est.. C'est.. Comment avez-vous fait ? Madame Tamara ?!

— Je vais bien Mary.

— Vous sentez vos genoux ? Vous avez mal quelque part ?! Attendez, je vais chercher le docteur Ada…

— Non non non Mary, ne vous en faites pas, je n'ai besoin de personne. Je vais bien.

— Madame Tamara il vaudrait vraiment mieux qu..

— Non Mary. répondit plus sèchement La vieille dame.

— D'accord pardon ma…

— Non c'est moi, excusez-moi de vous avoir fait peur.

Mary sourit comme une enfant et redressa tendrement la visière de Tamara qui partait en biais.

— Dites-moi Mary, pourriez-vous m'amener au film je ne voudrais pas rater le début. Aujourd'hui c'est "La charge héroïque" ?

— Oui madame Tamara, bien sûr je vous y amène !

— Vous pouvez m'appeler Tamara, Mary.

Le biscuit

— Hah d'accord madame ! s'exclama-t-elle enjouée.

Elle l'aida à s'installer dans son fauteuil roulant et entreprit de la conduire en direction du grand salon. Le petit biscuit avait l'air bien insignifiant au loin, et l'horreur s'effaçait à mesure qu'on s'en éloignait.

Tamara parcourait de ses yeux la tapisserie au sol. Le long couloir aux murs jaunis était parsemé de petites bougies et son croisement avec les cuisines sentait bon les effluves épicés du gombo sur le feu, lui remémorant celui que sa mère avait préparé pour son mariage.

Les chaudes notes envoûtantes jazzy des solos de trompette que son père endiablé ne pouvait se retenir de jouer.

La dernière danse qu'ils avaient partagée, Jimmy et elle. Lui dans son beau costume militaire bleu et elle dans sa longue robe blanche. Le plus beau jour de leur vie.

Elle se saisit d'un petit cadre dans la poche latérale du fauteuil. Sa main d'un geste tendre effleura le verre protégeant la photographie de son bien aimé. Il était tout sourire, ses galons de seconde classe fraîchement agrafés à ses minces épaules.

Sa médaille militaire était coincée sous le cadre, on pouvait y lire héroïquement: tombé au combat. Un morceau découpé du journal y relatait son trépas, où il s'était retrouvé coincé dans un champ de barbelés, seul en proie à l'ennemi.

— Qu'est-ce qu'il est beau ! C'était votre mari ? demanda Mary.

— Oui c'est lui, sourit-elle. Jimmy.

— Et bah dites donc ! Vous avez donc toujours eu votre sacré charme !

Tamara retira la médaille et le journal couvrant un morceau de la photo et s'en débarrassa dans la poche profonde.

— Comment était-il ? s'enquit la jeune femme.

— Beau, très beau ! Grand, gentil, elle fit une pause. Il était.. Il était très curieux. C'est ce qui me faisait craquer. Dit Tamara difficilement.

Une goutte perlait le bord de sa paupière. D'un coup de main elle l'essuya et avec un grand sourire elle reprit.

— Dites-moi Mary, serait-il possible de mettre un autre film sur le téléviseur aujourd'hui ?

— Bien sûr madame Tamara ! Euh Tamara pardon haha. Qu'est-ce qui vous ferait plaisir ?

— Qu'est que vous aimez vous ?

— Oh moi vous savez je suis fleur bleue haha ! J'adore "My fair lady"

— C'est parfait Mary.

La vieille dame retira sa visière comme un soldat se destituait de ses grades et serra le cadre entre ses mains. Les échos de rire dans les grands salons parvenaient jusqu'à elle, et le son des cuivres dansait sur la platine. Mary chantonnait en poussant le fauteuil. Ça allait être une belle soirée d'été.

MON MANOIR

Astrid Massad

I

De la neige. Voilà mon premier souvenir. De la neige chaude sur ma peau.

Ensuite la réminiscence d'un brouillard rouge. Il m'enveloppait dans un silence parfait. Avec cela une sensation de bien-être mémorable. J'étais si bien au milieu de ce tapis de cendre grise, prêt à m'endormir en caressant le sol de mes mains sans doute noircies de suies. Pourtant je ne m'endormais pas. Ma respiration ralentissait mais petit à petit d'étranges douleurs se faisaient sentir. Une de ces douleurs parcourut tout mon être et raviva les battements de mon cœur. Mes poumons se mirent à me brûler et bien qu'aucun de mes os ne semblât cassé, ils me procurèrent une peine des plus terribles. Mais le pire venait de mon cou. J'avais la sensation d'avoir été étranglé d'une façon atroce et le traumatisme avait l'air frais. Je ne saurais l'assurer car avant la neige il n'y avait rien.

Malgré ces horribles sensations, je décidais de me lever. Mon corps me semblait si léger et à la fois, tout rouillé. Une fois debout sur mes longues jambes fines, je regardais enfin autour de moi. L'intérieur de ce manoir devait être très beau avant que le feu ne l'emporte. Les grands escaliers centraux étaient encombrés de morceaux de plafond. Un grand lustre de cristal était brisé en une multitude de paillettes qui donnaient à la cendre encore plus un aspect de neige scintillante au soleil, à la différence que sous le lustre elle était teintée de rouge.

Ici pas de lumière à part celle filtrant par le brouillard visible par les trous au milieu du toit.

Tout était gris et je n'entendais rien jusqu'à ce qu'une poutre en équilibre finisse par se briser en deux. Elle fit un bruit sourd et souleva un nuage de cendre.

C'était presque beau. Le temps était comme figé, à l'exception de ces flocons de cendres qui descendaient et voletaient dans le manoir. Ça en était presque apaisant si ça ne me brûlait pas les poumons.

Je me retournais et cherchais la sortie. La façade était en morceaux et la porte à moitié arrachée n'était pas difficile à enjamber.

Dehors la désolation était moindre. Les quelques arbres alentour n'étaient plus que de l'écorce brûlée mais au moins l'air nettoyait mes voies respiratoires. Au loin, j'apercevais des lumières. Le soir tomberait bientôt et un village devait commencer à allumer des torches pour la nuit. Je me dirigeais vers celui-ci malgré ma faiblesse et ma fatigue.

Quand enfin je l'atteignis, je vis une petite fille jouant avec un cerceau dans le crépuscule. Ou plutôt je distinguais car elle était terne et floue, ma vue avait été abîmée dans le feu. Je m'approchai d'elle pour lui demander d'aller chercher un adulte mais aucun son ne sortit. Ma gorge me brûlait. Comme tous mes sens avaient été malmenés par cet incendie, je ne fus pas étonné d'avoir perdu ma voix après avoir inhalé toute cette fumée. Mais la petite se figea puis elle recula doucement avant de hurler. Elle partit en courant.

Je compris alors que j'avais dû être défiguré par les flammes.

De ma petite fenêtre, je regardais ce grand château dressé sur sa colline. Comme tous les matins en ouvrant mon volet je le fixais en rêvant d'y pénétrer un jour et d'y découvrir toutes les magies possibles. Mais ce matin-ci allait être différent.

J'embrassais ma mère sur une joue puis mon père sur l'autre et je sortis de chez moi pour aller laver du linge. Le village était animé aujourd'hui. Je saluais le poissonnier en passant et m'arrêtais même prendre une pomme chez mon marchand favori. Elle m'était toujours offerte car son fils, disait-on, voulait me demander en mariage. En réalité il l'avait déjà fait mais n'en parlait pas car je l'avais rejeté.

Mon généreux papa avait accepté que je ne me fiance pas avant d'avoir dix-sept ans. C'était une chance que très peu de filles avaient. Une de mes amies m'avait dit une fois que c'était parce qu'il ne s'inquiétait pas pour moi alors qu'elle, ses parents accepteraient le premier homme qui se présenterait. Ce jour-là, j'ai compris que mon visage doux, mes cheveux d'or et ma taille svelte étaient mes biens les plus précieux. J'ai décidé d'en jouer et ai demandé à mon père le pouvoir de refuser qui je voulais.

Mais voilà qu'en ce jour, cette pomme à la main, je ne croquai pas dedans. Le lendemain j'aurai dix-sept ans et l'homme de mes rêves ne m'était pas encore apparu. Si je prenais cette pomme aujourd'hui serais-je mariée demain à un marchand de fruits ?

Je la laissais dans ma poche et m'en allais au ruisseau.

Malgré ce temps froid d'Automne, je m'efforçais de frotter les chemises dans l'eau. C'est alors qu'une bourrasque de vent peu ordinaire souffla dans mon dos à m'en faire perdre l'équilibre et je finis les deux genoux dans la rivière, éclaboussée jusqu'au décolleté. Quelque chose m'avait retenue pour que je ne m'affale pas tout entière. Une main aux longs doigts fins et délicats, pas des mains de marchands non, des mains de princes.

— Vous n'avez rien mademoiselle ?

Il était beau, si beau. Grand, mince, des cheveux lisses et noirs comme l'encre, un costume délicat aux motifs discrets d'étoiles. Et ce visage. Un visage indescriptible de beauté. Des yeux bleus profonds et des lèvres qui me réchauffaient l'estomac.

— Non ce n'est que de l'eau, je vous remercie.

Il m'aida à me relever en me tirant par le bras jusqu'à me plaquer contre son torse. Embarrassé, il fit un pas en arrière avant de me fixer longuement. Je suivis son regard et fis moi aussi un pas en retrait en découvrant le tissu mouillé de ma robe qui laissait apparaître des formes que seul mon futur époux serait permis de voir. A cet instant ses yeux changèrent légèrement de couleur.

— Vos yeux, ils ne sont pas bleus …

Il me regarda soudain dans les pupilles et ses iris reprirent leur bleu profond.

Un sourire se dessina sur son visage puis disparut et son regard descendit à nouveau vers ma poitrine. Avec un air angélique, je jouai un peu de cela en ne me couvrant qu'à moitié de mes mains. Toujours en me fixant sans même un clignement de paupière, il enleva son manteau pour le passer sur mes épaules et me couvrir.

Après cela il m'accompagna comme un homme très galant jusque chez moi, se présentant à mes parents comme le magicien qui vivait dans le château sur la colline. Il ne rentra pas, ne prit pas le verre que ma mère lui offrit en remerciement puis s'en alla.

La déception lors de son départ ne m'épargna pas. Je pleurai toute la nuit de ne l'avoir pas retenu, regrettant de ne pas lui en avoir montré plus pour qu'il veuille de moi. A moins qu'au contraire il m'ait pris pour une fille de peu de vertu, une fille qu'on n'épouse pas. Il avait jugé que je ne méritais ni son respect ni son amour.

Le lendemain matin, pour mes dix-sept ans il revint à ma porte faire sa demande.

II

Je ne me souvenais pas de mon visage mais découvrir qu'il était en lambeau me fit mal. Je ne voulais surtout pas me regarder. Rien que l'idée de voir ma chair brûlée, des morceaux de peau arrachée pendouillant sur mes os, et du sang dégoulinant et puant me répugnait. Je comprenais cette petite car je me donnais moi-même envie de vomir.

A l'entrée du village, je vis un épouvantail. Je m'approchai et décidai de lui emprunter sa tête faite en courge séchée dont un large sourire et deux yeux vides avaient été creusés. Je l'enfilai comme un masque afin de camoufler mes plaies. Elle devait être assez grande car je n'eus aucune difficulté à y entrer. Quand je retrouvai la petite fille elle ne cria pas, non elle se mit à rire jusqu'à ce qu'elle soit appelée chez elle.

L'endroit était désert depuis qu'elle s'était réfugiée chez elle. J'arpentais la rue principale et, ce faisant, je sentis des regards sur moi. Par les fenêtres, entre deux rideaux tirés, les habitants m'observaient de l'intérieur.

Une jeune fille sortit de chez elle et vint à ma rencontre. Elle s'arrêta en remarquant la citrouille que je portais puis reprit sa marche jusqu'à moi.

— Qui êtes-vous ? Personne n'aime les étrangers ici.

Je ne pus bien sûr pas lui répondre avec ma voix éteinte. Je pointais du doigt le manoir brûlé visible au loin.

— De… de chez les sorciers ? Dit-elle en ouvrant des yeux ronds avant de voir ma chemise ensanglantée. Mais vous avez besoin de soins monsieur ! Venez avec moi.

Elle vivait seule avec sa grand-mère sénile. Je bénéficiai alors d'un lit moelleux et d'eau chaude aux herbes.

La fille s'appelait Bianca. Malgré ma vision brouillée je distinguais ses boucles blondes et ses joues rosées de poupée, ce qui me suffit pour la trouver belle.

Elle pansa mes plaies mais je refusais qu'elle voie sous mon masque de citrouille, j'avais trop honte de ma laideur actuelle.

Cela dura quelques jours puis quelques semaines. Je me reposais et reprenais des forces. Au bout d'un peu plus d'un mois j'étais remis à part mes sens qui seraient sûrement brisés à jamais. Ma voix n'était plus, je ne sentais plus rien à part le sang, et mes yeux voyaient toujours aussi flou. Mais il était temps. Je devais en savoir plus sur ce qu'il m'était arrivé. Je fis comprendre à Bianca que j'allais partir.

— Oui il est sage de découvrir votre passé mais revenez me voir, d'accord ?

Je la serrai dans mes bras pour lui dire un dernier adieu, je caressai sa nuque et glissai sur ses bras pour ne pas les oublier. Je retins le souffle chaud qu'elle abandonna contre moi. Puis je m'en allai.

Je refis le chemin long et difficile à pied et quand j'arrivai enfin devant l'entrée du manoir, une forte brise souffla sur moi.

J'entrai et redécouvrais ce hall dont les tapis de cendres s'étaient envolés et le lustre toujours par terre, avait maintenant une quantité de bougies qui, sous leurs flammèches intenses, fondaient sur les cristaux rougis. Ainsi elles projetaient des lumières écarlates sur les murs, accompagnées de leurs ombres bleues se mouvant au rythme des flammes.

Quelqu'un était venu. J'avançais prudemment en le contournant quand je trébuchai sur une hache. Sur le côté une grande cheminée ne brûlait plus. Le feu avait dû se propager depuis celle-ci. Je me dirigeai vers le grand escalier surplombé de différents portraits d'un jeune homme magnifique et d'une femme tout aussi belle. D'autres portraits, plus anciens, montraient sans doute leurs ancêtres, un homme sévère, une grosse dame, des petits enfants à croquer. Mais je ne m'y attardai guère car une sensation étrange me nouait l'estomac. A chaque marche que je montai la sensation s'accentuait. Au bout de seulement quelques-unes je ne pus plus avancer. Je forçai pour vaincre cette magie. Je mis toutes mes forces dans ma jambe pour qu'elle en monte une de plus. Je poussais encore et encore soudain la porte d'entrée, auparavant cassée, se referma d'un coup sec ! Le bruit me figea, je n'eus que le temps de tourner la tête que toutes les portes du manoir se mirent à claquer encore et encore, créant un vacarme abominable. Mon cœur s'accéléra à leur rythme.

Le bruit cessa net. Et je la vis.

En haut des escaliers le portrait de la belle femme ondula et se déforma. Elle était devant, rayonnante, grise maculée de sang et ma vue incertaine n'était pas sûre de la voir comme il le faudrait car je jure avoir vu le portrait à travers elle. Ce que je voyais, c'était un fantôme.

Il ne m'a pas vraiment demandé en mariage. Il m'a proposé de devenir son apprentie. Mais je voyais plutôt ça comme une demande en mariage dont les fiançailles seraient assez longues pour que l'excitation soit à son comble.

Mes parents, aussi doux que des agneaux, me laissèrent le choix. « Si c'est ce que tu veux, vas-y » m'ont-ils dit. J'étais si heureuse, mon rêve se réalisait enfin, je n'épouserai pas le marchand, je ne deviendrai pas une vieille mère au foyer. Je serai la magicienne de mon mage ! La veille de mon départ, j'ai pourtant vu ma mère pleurer près du feu et mon père qui la serrait dans ses bras. Je les ai détestés pour cela et sous les conseils de mon bien-aimé, je me jurais de ne plus jamais revenir.

J'ai donc emménagé dans cette immense maison aux allures de château. Les premiers temps, j'ai appris la magie auprès de mon maître. C'était très amusant et j'étais assurément douée. Il ne cessait de me répéter que je changerai le monde par ma magie. Je ne comprenais pas vraiment pourquoi il ne me demandait pas en mariage alors qu'il était clair qu'un fil nous liait. Chaque sort que je réussissais avec succès, il en devenait si exalté que tout son corps en tremblait. C'était une véritable lutte pour ne pas se jeter l'un sur l'autre. La tension entre nous était si présente que je voyais souvent son œil changer de couleur comme devant la rivière.

Le jour où j'ai réussi l'incroyable sort pour maintenir un animal en vie en gardant ses organes à l'extérieur de son corps il a failli craquer, il m'a prise par la taille et m'a plaquée sur la table en bois en retroussant mes jupons. Son œil passa du bleu au magenta en une seconde puis il se ravisa me traitant de catin qui essayait de le faire s'écarter du droit chemin. Je prenais ça pour un jeu entre nous. Se repousser pour mieux s'attirer ensuite.

Au bout d'un an je ne pus plus supporter cela et je savais que lui non plus. Je le suppliai de faire de moi sa femme ou bien je partirai. Il avait de l'amour pour moi, sûrement pas autant que j'en avais pour lui mais assez pour ne pas vouloir me voir partir.

J'étais si naïve à cette époque. J'aurais dû partir quand je le pouvais.

Nous nous sommes enfin mariés. Notre nuit de noce ne fut pas exactement comme je l'avais imaginée. Il me guida du début à la fin mais je sentais comme une absence. Il n'était pas aussi fougueux que je le pensais après tant d'attente, mon corps ne le surprit pas.

Après cela je fus néanmoins la plus heureuse… pendant quelques temps.

Plusieurs mois après notre mariage, il me prévint qu'il allait prendre de nouvelles apprenties.

— Ne suis-je pas déjà ton apprentie ? Lui demandais-je.

— Maintenant que tu es ma femme tu ne l'es plus.

— Je peux être les deux à la fois, épouse et magicienne !

Il ricana avant de m'écarter de son chemin.

La première apprentie arriva au château. Elle devait avoir tout juste quinze ans. Elle avait les mêmes cheveux dorés que les miens et dégageait déjà beaucoup de grâce.

Après son premier mois chez nous, il la plaça dans des appartements privés et je ne la vis plus du tout pendant presque un an. Un beau jour alors que je longeais l'étage, je la vis sur le seuil de l'entrée, mon mari lui donnait ses valises avec gentillesse. Elle le remercia de nombreuses fois avant de s'en aller. Cette année avait été difficile pour moi mais je ne doutais aucunement de mon amour. Il était bon avec moi et il était bon avec elle. Mais moi il me disait qu'il m'aimait, qu'il n'y aurait que moi pour l'éternité. Après en avoir discuté avec lui, je comprenais enfin qu'il se montrait généreux et voulait apprendre aux filles de ce monde à se défendre seules grâce à la magie.

Quelle affreuse personne j'étais de songer à m'opposer à cela ! Il était merveilleux de vouloir aider ses pauvres âmes !

Une nouvelle apprentie arriva. Toujours aussi blonde et belle. Il se passa encore une année de la même façon. Je la voyais puis ne la voyais plus et enfin elle partait heureuse.

Et encore une après. Une autre, et une de plus. Encore blonde et encore belle. Alors que je vieillissais elles restaient toujours aussi jeunes. Quinze ans, quatorze, seize, parfois même treize ans. Tandis que de mes vingt-six je devenais pour lui une vieille femme délaissée. Il me faisait toujours croire que j'étais jalouse disait-il, que je ne faisais pas d'efforts pour lui plaire, que je ne m'occupais plus assez de lui. Alors je culpabilisais et rampais en le suppliant de me pardonner et de m'aimer. J'étais si pathétique. Même le jour où il m'a finalement battue jusqu'à ce que je ne puisse plus parler, je lui ai embrassé les pieds de ma bouche ensanglantée.

J'ai fini par me rendre compte que plus je pensais l'aimer plus ma haine grandissait. J'étais trop naïve pour le voir, jusqu'à une découverte.

Mon manoir

III

L'apparition ne dura qu'une seconde. Je la cherchai partout autour de moi. En vain. Portes et fenêtres avaient arrêté de claquer et étaient, à présent, toutes closes. Je me ruai vers la porte d'entrée réparée mais celle-ci demeurait bloquée, de même que toutes les autres issues. Je me mis à courir d'une pièce à l'autre cherchant une sortie. Je découvrais des pièces vides dont les meubles avaient été détruits dans l'incendie dans lequel je m'étais réveillé. Plus j'avançais, plus les tapis de cendre redevenaient épais contrairement à l'entrée qui avait été balayée par le vent glissant. J'enjambai des poutres à moitié calcinées et des éclats de verre dissimulés sous les cendres. J'avais traversé des couloirs, plusieurs salons, un ou deux bureaux d'étude avant qu'un escalier partiellement fonctionnel ne me mène à l'étage. Là-haut, je passais encore des bureaux, des boudoirs, des chambres à n'en plus finir. Cet endroit devenait un véritable labyrinthe. Je ne savais même plus ce que je cherchais ici. Cherchais-je à fuir ou bien un fantôme ?

Je m'enfonçais toujours plus dans les ténèbres de ce manoir mort. Des fumées de cendre que je remuais en courant plongeait cet endroit dans un épais brouillard et m'étourdissait. J'avais atteint ce qui semblait être une aile privée et éloignée dans la demeure. J'entrais dans un dernier bureau où une flaque de sang séché avait traversé un drap blanc avant d'imprégner le plancher. Enfin je poussai une dernière porte trouée par une hache.

J'avais perdu l'odorat depuis mon réveil ici et pourtant ce qui me surprit d'abord fut l'odeur. Une odeur immonde de moisissure et de produit chimique mélangés à de l'eau croupie.

Ce que je discernais ensuite de mes vieux yeux était pire que ce que l'odeur annonçait. Une salle emplie de jarres en verre, de toutes tailles, à l'intérieur desquelles se trouvaient des abominations.

Des tas de cadavres de bébés et de fœtus plongés dans un liquide verdâtre.

Nombre des pots étaient éclatés sur le plancher en bois, laissant dégouliner leur liquide visqueux et avec eux les cadavres des nourrissons. Leur peau flétrie avait par endroit était entaillée par le verre et de là était sorti du sang noir gluant qui formait des amas de bulles.

Un silence de mort ajoutait de l'horreur à cette scène.

Je ne savais que faire, mon corps était figé. Quel monstre avait pu faire cela ? Quel être infâme s'était soumis à de telles bassesses, que disais-je, à de telles atrocités ?

— Tu ne devines pas ? Fit une voix derrière moi.

Je me tournai. Ce n'était ni un fantôme ni un savant fou.

Juste une femme. Une femme que je reconnaissais malgré mes yeux abîmés.

Bianca. Ma jolie Bianca qui avait pris soins de moi.

Elle tenait à la main un sac de jute ensanglanté et même en ayant une vue brouillée je devinais que son regard était plein de haine et de rage. Son visage si doux la veille était déformé par la colère et par un sourire mauvais. Elle s'approcha et me frappa si fort que la courge qui camouflait mon visage vola dans la pièce jusqu'à s'écraser sur une autre fiole de verre.

Soudain, je sentis une main glacée sur mon épaule.

— Bonjour mon aimé.

La femme du portrait. Le fantôme. Elle était là, sans couleur, sans vie mais toujours aussi belle malgré son âge.

Elle portait dans ses bras un linge enroulé autour de quelque chose. Elle avança vers Bianca. Je voulais lui hurler de fuir, de courir hors du manoir mais ma voix me faisait défaut. Je m'apprêtai à sauter sur le fantôme pour que Bianca se sauve mais je n'en eus pas besoin. Je compris qu'elle ne partirait pas au moment où les deux femmes s'échangèrent leurs fardeaux.

Le fantôme passa le linge avec une chose inerte enroulée dedans. Je compris avec dégoût ce que c'était. Cela n'empêcha pas Bianca de le prendre et d'embrasser le corps gluant et puant du petit être innocent qu'elle tenait dans ses bras. Elle s'agenouilla par terre tout en le berçant. Des larmes coulaient sur ses joues sans interruption mais elle souriait. Elle souriait à l'enfant sans vie en lui disant combien elle l'aimait.

Quant à l'autre morte, son visage exprimait une telle tristesse pire que la mienne devant cette fille d'à peine seize ans pleurant son enfant mort.

Laissant Bianca à son sort, elle se tourna lentement vers moi le sac de jute sanglant à la main puis elle en sortit quelque chose.

Une tête.

Une tête coupée à la gorge, dont les yeux étaient emplis de larmes et le nez de sang. Je portais une main à ma bouche.

Je ne trouvais pas de résistance. Ma main traversa mon visage. Je me ruais par terre et ramassais un bout de verre pour me regarder.

Rien, il n'y avait rien au-dessus de mon cou.

J'étais un homme sans tête et celle-ci se trouvait dans les mains de cette femme.

A partir de ce jour, je devins son esclave. Nous restâmes coincés à jamais dans ce manoir.

Ensemble jusqu'à la fin des temps.

Des larmes et encore des larmes. Je pleurais toujours. Je pleurais car il me rejetait. Plus les années passaient, moins il me touchait ou même me parlait. Pendant les soupers, qui ne duraient pas bien longtemps, il ne levait pas un sourcil vers moi.

— Ta nouvelle apprentie arrive bientôt, je pourrais t'aider si tu veux et m'occuper de sa chambre ? Essayais-je avec tendresse.

Comme à chaque fois que je tentais de lui dire un mot gentil, il soupira avec dédain.

— Tu veux m'aider ? Après toutes ces années ? Alors que tu n'as rien fait d'autre que profiter de ma demeure, de mon argent et de mon pouvoir ?

En parlant il se leva et jeta son verre de vin par terre. Une flaque rouge s'étala. Dans une colère noire il ajouta :

— J'ai beau avoir tout fait pour toi ce n'est jamais assez ! Je suis démuni face à tes caprices ! Tu peux toujours retourner chez tes gueux de parents puisque cette vie n'est pas assez bien pour toi ! Oh mais tu ne peux pas… Ils sont morts de chagrin. Juste après que tu les ais abandonnés comme une garce.

— Oh pardonne moi mon amour, hurlais-je en pleurs en me ruant à ses pieds ! Je ne voulais pas être ingrate, je suis si heureuse ici ! Ne me quitte pas je t'en supplie !

Il m'attrapa le visage alors que mon torrent de larmes glissait sur ses longs doigts et me gifla avant de m'embrasser fougueusement et de me m'allonger sans détour sur la table.

C'était mon quotidien fait d'amour et de haine. Un soir où j'allais entrer dans le bureau seulement vêtue d'une petite chemise de nuit dans l'espoir pitoyable de l'attirer à moi sans que ce soit après une dispute, je le surpris enlaçant sa dernière apprentie.

Ils ne m'avaient pas vue. Je me collai au mur une main sur la bouche. Avec une extrême prudence je passais un œil dans l'interstice de la porte. Mon monde s'écroula en le voyant avec cette jeune fille. Mes peurs devenaient réalité et je ne pouvais plus faire semblant de ne rien voir. Alors que j'observais la scène, ne sachant pas si je devais rentrer au risque d'être encore battue, la fille me vit. Je ravalai un souffle de stupeur et m'apprêtai à fuir quand soudain je remarquai son regard. Il était vide. Elle ne me voyait pas et ses gestes étaient automatiques. Elle était comme hypnotisée. Quand il entreprit de se retourner je n'eus que le temps d'apercevoir le coin de son œil car je fuis aussitôt vers mes appartements. Mais je n'oublierai pas cette vision.

Celle de son œil changeant de couleur.

Comme toutes ses apprenties le premier mois nous mangions ensemble mais il nous empêchait toute conversation.

Le lendemain j'ai quand même essayé de lui parler. Lorsqu'elle m'aida à ramener les assiettes, je lui glissai un mot.

— Dis-moi ma chère petite, mon mari t'aurait-il déjà fait des avances ?

Avec un air outré elle fit non de la tête.

— Ne t'en fais pas, j'ai l'habitude, mentis-je, mais je me sentais mal car en voulant ramener un papier hier soir je vous ai vus dans le bureau et je voulais m'excuser de cette intrusion.

— Madame... Il est vrai que j'ai eu un faible pour le professeur et il ne m'a pas contredite. Mais je peux vous assurer que ce n'est pas allé plus loin ! Hier soir... hier soir dans son bureau je, elle mit une main sur son front comme pour chercher un souvenir enfoui très loin sans y parvenir. Je crois que nous avons discuté du programme d'aujourd'hui et j'ai eu comme une petite absence à un moment sans doute due à la fatigue alors je suis partie me coucher. Mais je vous jure qu'il n'y a rien entre lui et moi madame je vous l'assure !

Je lui caressais ses cheveux blonds en lui disant de ne pas s'inquiéter car j'avais dû rêver.

A ce moment je fus sûre de deux choses, tout d'abord mon mari me trompait avec ses apprenties et la deuxième que j'avais moi aussi été son apprentie et que je savais donc reconnaître quand une jeune fille se faisait ensorceler comme un pantin.

Pendant tout le mois qui suivit je les espionnais comme je le pouvais et comprenais enfin son stratagème. Une chose me donna des frissons : La couleur de ses yeux changeait bien à chaque fois qu'il l'hypnotisait puis ils redevenaient bleus quand la fille revenait à elle comme si de rien n'était, continuant sa conversation. Ce qui me ramena des années en arrière. Toutes ces fois où la tension entre nous était palpable et que je voyais ce phénomène je pensais que l'excitation avait un effet sur ses pupilles. Il n'en était rien. Combien de fois avais-je été ainsi abusée ? J'avais été salie dès notre première rencontre près de l'eau. Je ne cessais de vomir et pleurer à ces pensées. Puis vint l'événement de trop.

Lorsque la jeune fille disparut au bout d'un mois et demi je ne fis rien mais les mois passaient et elle ne réapparaissait pas alors je voulus savoir ce qui lui arrivait.

Huit mois plus tard je n'en pouvais plus et je me faufilai donc dans l'aile interdite. Je ramassais dans la cuisine une hache pour le bois de la cheminée plutôt par réflexe car j'étais tremblante à l'idée de ce qu'il me ferait s'il me trouvait.

J'avançais doucement dans l'aile quand j'entendis des cris. Des cris de femme puis des cris de bébé. Je suivais le vacarme pendant quelques minutes avant qu'il ne cesse soudain. Une odeur de sang se mélangeait à des vapeurs chimiques. Je me bouchais le nez et poussais la porte d'où venait le bruit. Je tombai alors sur une salle d'étude. Par terre se trouvait la jeune fille suante et essoufflée, du sang coulant entre ses cuisses nues. Je me ruais vers elle pour l'aider.

— Bianca !

Elle était encore hypnotisée. J'utilisais un vieux sort pour la faire revenir à elle. Je l'aidais à se nettoyer et à se couvrir tout en calmant la panique qui s'emparait d'elle. Je lui dis de fuir sans rien prendre avec elle, de courir jusqu'au village sans s'arrêter malgré la douleur de l'accouchement mais avant j'avais d'autres instructions.

Ensuite je me levai avec précaution et lenteur. Sans attendre plus longtemps, je défonçai, à coup de hache, l'autre porte par laquelle il avait dû sortir. Je découvris ainsi ce qu'il faisait de toutes ses apprenties.

— Alors c'est ça ta magie ? Engrosser des petites, mettre en pot vos enfants et quoi ? faire des expériences ? Pour avoir encore plus de pouvoir ? Tu me répugnes.

Il était là debout, faisant glisser le bébé déjà mort dans une gelée verdâtre.

— Pauvre sotte, tu devras mourir pour oublier cela.

Il se jeta sur moi, renversant plusieurs pots sur son passage. Je l'évitai et jetai ma hache en tous sens pour le toucher. Au bout de quelques minutes je pataugeais dans des nourrissons morts dont le sang coagulait sous mes pieds.

Je courais dans le manoir, j'essayais de m'enfuir en suivant le rythme fou de mon cœur. Alors que j'arrivais enfin à l'entrée et après avoir descendu les escaliers deux par deux, il m'attrapa par les cheveux. Il mit ses mains autour de ma gorge et serra si fort que je dus lâcher la hache. Je vis ses yeux remplis de folie et il vit les miens remplis de haine pure.

Alors que ma vue devenait noire je résistais juste le temps de renouveler ce sort que j'avais maîtrisé il y a longtemps.

Et alors que je plongeais dans les abysses, je vis la hache arracher la tête de mon bien-aimé, m'aspergeant de tout son sang.

Bianca apparut derrière. Elle ramassa la tête qui affichait une telle expression de démence avec ses yeux mouillés de larmes de douleur et le sang qui coulait de tous ses orifices. Mais même ainsi il était moins effrayant et répugnant qu'en vie. Elle plaça la tête dans ses bras, raviva le feu dans la cheminée et éparpilla des étincelles.

Mon sort marcherait. Il resterait en vie, sans tête et serait l'esclave de celui qui la possédait. Quant à moi j'avais passé un marché avec Bianca et j'habiterai ces lieux à tout jamais.

Les flammes se déplacèrent en la suivant tandis qu'elle quittait le manoir. Quel magnifique spectacle que les flammes dansantes, illuminant les murs de leurs belles couleurs. Allongée, je regardais le plafond. Le lustre en cristal reflétait toutes les couleurs du feu. Il s'approcha de moi au ralenti et se brisa avec douceur sur mon corps de sorte que je ne faisais plus qu'un avec ces lumières.

Enterrée sous du cristal, c'est la vie que j'avais voulue et la mort qui l'accompagnait. Je regardais maintenant, depuis les marches de l'escalier, mon corps se faire ensevelir sous les paillettes de verre. Je voyais ensuite le corps sans tête de mon bien aimé.

J'attendrais qu'il se lève pour que nous vivions dans la mort ensemble pour l'éternité.

Mon manoir

L'ÉTANG

Virgile Fondanaiche

Le tintement d'une clochette résonna dans l'auberge mal éclairé. La porte d'entrée se logea difficilement dans son encadrement derrière mon passage.

L'air sec de la chaumière chauffée par une cheminée peina à ramener quelques couleurs à mon visage.

Tandis que je lâchais le pommeau du glaive à mon ceinturon, le vieux crapaud derrière le comptoir me héla du regard. Mon gosier sec allait enfin s'hydrater convenablement.

Je m'approchais du tenancier au son métallique de mon armure rouillée.

— Je cherche une chambre pour la nuit, lui dis-je. Et ce que vous avez au robinet pression.

Mon interlocuteur me dévisagea, puis passa son regard à deux habitués assis plus loin. Un autre détourna les yeux.

— Z'êtes pas d'ici soldat ?

— Non.

Il s'enquit d'un verre opaque de traces qu'il emplit d'un épais liquide mousseux.

— D'où est ce que vous venez ? On en croise peu des batraciens étrangers ces temps-ci, demanda le crapaud d'un ton curieux.

— Du nord. Hum... Je me raclai la gorge. Du village de Bergerase, finis-je.

— Hum, connais pas.

Il me posa le verre à portée de patte. Il se saisit d'un torchon pour s'essuyer les mains et se retourna vers une petite armoire de bois gondolé au-dessus du comptoir.

Il choisit une clef pendouillant à l'un des six clous tous occupés par une congénère.

— Qu'est-ce qui vous amène par ici ? dit-il en posant la clef à côté du verre.

— Je suis de passage.

— Devriez pas être sur le front ?

— Y a jamais eu de front, m'énervais-je un peu.

— J'espère que vous êtes pas là pour nous amener des problèmes. Dit-il avec un ton accusateur, le regard perdu vers ses camarades.

Ne relevant pas, je me pressai de terminer mon verre et de prendre la direction de ma chambre.

Il m'indiqua vaguement la direction de l'escalier et me dit le numéro de ma chambre : la deux.

Le plancher sec collait à mes pattes granuleuses. Trop longtemps j'avais vagabondé sur un sol meuble et mon corps ne s'en rappelait plus. Il y avait eu une vie avant ça. Avant la guerre. Avant l'horreur.

Cela semblait si loin.

La vue des bûches se consumant dans l'âtre me ramena quelques mois en arrière. Leurs crépitements succincts me rappelèrent ce doux bruit que faisaient leurs épées de bois.

Un sourire naquit presque sur mon visage. Mais l'odeur brûlée des bûches se consumant vint noircir ces souvenirs. Les flammes brûlantes effaçaient de ma mémoire la beauté des journées, et condamnaient mon âme à la plate noirceur de la nuit.

Ma chambre se trouvait au premier étage. Des bruits étouffés s'y échappaient et la porte était entrouverte.

La main sur ma garde, je l'ouvris.

Le sang-froid des années de services me garda de sursauter à la vue d'une jeune grenouille inconnue assise sur un lit rustique.

— Que faites-vous dans ma chambre ? lui dis-je calmement.

Elle fut surprise de ma venue et se précipita de couvrir le panier d'osier qu'elle gardait entre ses mains.

Elle avait l'air très jeune et apeurée. La chambre était vide hormis une armoire, un lit et un drôle de pendentif en bois accroché au-dessus.

L'étang

— Ce.. Ce n'est pas ce que vous croyez... bégaya-t-elle en se levant promptement.

Elle détourna son regard et fixa le sol.

— Je ne crois rien mademoiselle, je vous...

— RETINA ! Viens ici ! croassa une grenouille qui fit irruption derrière moi me bousculant violemment.

Faisant volte-face je me rendis compte de l'imposance du nouveau venu qui me fixait d'un seul œil valide.

Je m'interposai entre les deux grenouilles d'un pas chassé et d'une patte menaçante je saisis le manche de mon glaive.

— Non non ce n'est rien je suis là !! Je te promets de rester ! s'enquit la jeune fille en me dépassant.

Elle continua à tâtons vers ce qui semblait être son concubin. Il la surplombait de trois têtes. L'air cruel sur son visage n'augurait que de mauvais présage associé au marteau de guerre pendouillant à sa ceinture.

— Qu'est-ce que c'est que cette histoire ? Demandais-je d'un ton hostile.

— C'est qui ce crapaud ?? Tu le connais ?!

— Non non non j'étais juste là pour les calmer, larmoya-t-elle. Il vient d'arri...

— Qu'est ce tu veux toi l'étranger ?! croassa-t-il en faisant deux pas en ma direction.

— Qu'avez-vous fait à cette jeune fille ?

— Riiiien, rien il ne m'a rien fait arrêtez !! me cria-t-elle dessus.

Ses yeux étaient remplis de terreur. Ses mains crispées autour de son panier saignaient de douleur.

Je les dévisageais tous les deux et continua.

— Qu'avez-vous fait à cette pauvre fille ?!

— Il ne m'a rien fait ! Je vous en supplie mêlez-vous de ce qui vous regarde ! s'emporta-t-elle.

Ma poigne ne fit que se raffermir sur mon épée.

Elle fixait son précieux butin caché sous un pan de tissu. Tout son corps tremblait de peur, mais celle-ci ne semblait pas provoquée par la montagne de muscles à ses côtés. Elle était plus profonde. Marquée au fer rouge dans son esprit. Quel était ce sombre tourment qui hantait ces contrées pourtant rescapées de l'oppression de la guerre.

Un mal rongeait ces gens.

Cette jeune batracienne en était l'émulation. Tous ses pores étaient en éveil. Le sang-froid sillonnait dans ses veines à grand flot faisant battre ses tempes la chamade. Une cadence d'assaut. Les tambours de guerre. Rageur et furieux. Ma paume ne faisait qu'un avec les lanières de cuir au-dessus de mon fourreau.

Ces contrées ne connaissaient pas non plus la paix. Elle n'était qu'illusion. Une fable que l'on conte aux têtards. De quelle démagogie osait-on s'employer pour les abreuvoir de ces chimères.

A l'innocence. Volé dès la sortie de l'eau. Sorti de l'œuf même. Notre monde n'a pas de... Mais que protégeait-elle. Mes yeux rouges de rage me jouaient-ils des tours ? J'aurai pourtant juré voir des.. Des œufs. A peine quelques heures. Quelques minutes peut-être.

Mais oui, une dizaine d'enfants, tout luisant de naissance, sommairement posés dans de l'osier. Je ne pouvais le croire. Nous étions si proches de la saison blanche. Comment vivaient ces gens. Quel était ce rythme de naissance, des portées si tardives dans l'année.

Sa progéniture devrait au moins être sur pattes à ce jour. Et pourtant seules leurs bulles opaques étaient visibles.

Pourquoi devenaient t'elles écarlates ? Serait-ce du sang ? Oh mais elle aussi en était couverte !

Pourquoi me regardait-elle comme cela ?

Je me sentais tomber.

Le colosse borgne esquissa un sourire en reposant son marteau ensanglanté sur son épaule. Il avait fait son office. Le rouge laissa place au noir.

La fumée m'envahissait les narines. Je frottais nerveusement la suie m'emplissant le visage du revers de mon gant. Tout n'était plus que gris. La neige éternelle de cendres colorait les palissades autrefois d'un bois bienheureux. Elle prenait son temps, une nuit en sursis. Des corps trop silencieux, et d'autres se mouvant au ralenti. Comme cette neige, presque paralysée.

Un pas après l'autre je dessinais mon chemin dans la poudre du feu. Des échos stridents échappés du brouillard planaient encore après la bataille.

Que cherchais-je déjà ? Je devais défendre le village. Un cri perçant me fit faire volte-face.

Améria... J'arrive ! Bonds après bonds je me ruais vers les cris. Ils se faisaient de plus en plus lointains. Mon cœur s'emballait. Le souffle court je m'écroulais. Je tendis l'oreille. Plus de sons, je me mis à crier son prénom. Mais rien ne sortit de ma gorge. Les forces m'abandonnèrent. Améria... Les enfants…

Le cri stridulant de ma bien aimée perça mes tympans. Elle était toute proche. Sur un baroud d'honneur mes membres se tétanisèrent et projetèrent mon corps en direction du cri. Ma maison se dessina. Enfonçant la porte brûlée d'un coup d'épaule, je dégringolais dans la salle à manger. Seul le feu l'habitait. Je perdis mon regard dans tous les recoins de mon logis. La tête me tournait "Améria !!" Criais-je. "Aaaméria ! Les enfants !!".

Le nouveau cri fut très proche.

Je repris connaissance, étalé sur le sol de la petite chambre d'hôtel.

Le sang sur mon front était sec. Je me remis sur patte non sans mal, j'avais la vision trouble. Les souvenirs me revinrent. La jeune fille... Un nouveau cri déchirant me ramena à la réalité. Sans hésitation je bondis vers la porte menant au couloir. Elle me refusa l'accès à celui-ci. J'avais été enfermé. Mes mains se mirent machinalement à tambouriner sur le bois de la porte. Les cris avaient changé, plus lointains de nouveau.

Après plusieurs coups d'épaule acharnés mais peu fructueux je me retournais vers le lit. Je m'assis. Il fallait réfléchir. Qu'est-ce qu'il allait faire à cette pauvre grenouille. Et pourquoi personne n'était intervenu, nous n'étions qu'au premier étage, il y avait des gens en bas au bar ils avaient forcément entendu. Combien de temps étais-je resté assommé. Dehors, allons voir à la fenêtre. J'écartais les rideaux situés sur le mur à droite du lit. La belle blanche éclairait d'une lumière pâle les nuages de poussière parcourant la pièce. Des heures s'étaient écoulées. Le jour s'en était allé.

Je réussis à ouvrir la fenêtre en faisant levier avec la pointe de mon glaive après avoir échoué à faire fonctionner la poignée. L'air frais de la nuit s'engouffra et j'eus l'impression d'un peu reprendre de parfum de vie. Au bout du village, constitué d'une bonne centaine d'habitations, serpentait un ponton de bois le long de l'étang. Un étang presque parfaitement rond, sans l'once d'une ride à sa surface. Les premières fleurs blanches seraient tombées que l'on aurait dit qu'il s'agissait d'un lac gelé. Mais la saison était encore trop chaude pour que ce soit le cas. Tout au bout de ce ponton sinueux se trouvait une bâtisse. Une bâtisse religieuse à première vue. Avec un cercle de fer hissé en haut du clocher. J'avais entendu dire qu'au Sud les gens ne priaient que peu les dieux du Cycle. Ce cercle me disait quelque chose. Le médaillon au-dessus du lit était identique. Un rond, presque rond.. Mais pas complètement.

Comme cet étang, parfait, et pourtant... Une porte claquait.

Celle de l'armoire, depuis que j'avais ouvert la fenêtre. Mes yeux contemplaient cet étrange événement. On décide souvent de ne pas prêter attention à ces détails. Mais ils savent se faire insistants.

Les portes comme deux lèvres me murmuraient par battements de s'approcher. Et mon regard se perdait dans le noir de l'interstice apparaissant à chaque mince ouverture. Chaque fois un espoir inexorable de dessiner ce qui s'y cachait. Au rythme du claquement, mes pas me rapprochaient du mystère.

J'ouvris grand les portes.

Rien, rien ne s'y cachait. Un vieux balai était posé sur un côté et quelques morceaux de tissu étaient étalés au sol. Et pourtant un détail suffit à me glacer le sang. Une main écarlate estampait le fond de l'armoire.

Je la touchais du bout du doigt. C'était encore frais.

Un frisson me parcourut la jambe, de l'air frais. Je m'accroupis. Un mince courant d'air traversait l'armoire. Y mettant toute ma force je me mis à presser le fond de l'armoire. Une forte résistance s'y opposa mais un déclic se fit entendre et me voici basculé dans une autre pièce, tombant à genoux par la même occasion. Une vision d'horreur m'y attendait.

La jeune grenouille était à terre, le ventre éviscéré. Ses intestins jonchaient le sol et des mouches avaient déjà entrepris leur office mortuaire.

Des traces de lutte étaient visibles sur son corps et dans la chambre. Elle était similaire à la mienne excepté le lit plus grand et un landau vidé de son eau.

L'odeur pestilentielle de la mort tapissait mes narines. M'étais-je seulement réveillé, étais-je bien sorti de la barbarie de mes cauchemars. Jusqu'où l'encre de l'horreur allait elle couler. Les pupilles de la pauvre rainette occupaient tout l'espace de leurs orbites globuleux, et ces billes noires me fixaient. Dans leur râle d'agonie je pouvais entendre une prière. Mais elle n'était pas pour elle. Le mal n'en avait pas terminé avec ce village, j'en était sûr.

Soudain des cloches sonnèrent. Je ne vis que le noir.

Elles sonnèrent de nouveau.

Des formes se mouvaient dans l'obscurité.

Encore, alors elles gémirent. Des fantômes nocturnes rôdaient. Et elles sonnèrent. Prédateurs des enfers, marbrant la sombre toile de leurs lames maudites. Encore. Je pouvais encore sentir leurs brûlures, et les larmes chaudes roulant sur mes joues. Encore. Alors que les reflets de leurs corps souillés par la nuit miroitaient dans mon regard. Un coup encore, le beffroi sonnant le glas de mon âme. Je me sentais vaciller, les images interdites se superposant aux yeux sans espoir de la jeune dépouille.

Je n'allais pas de nouveau céder, non, avec tout l'aplomb me restant je stabilisais mon corps et saisis fermement mon arme. Je me dirigeais vers la porte de cette chambre pour y envoyer mon talon, mais ce fut sans succès. Celle-ci avait été fermée depuis le couloir. A quel jeu sadique jouaient ces gens ?

J'entrepris de retourner à ma chambre en passant par le passage de l'armoire. La fenêtre claquait doucement au rythme du vent, j'y passais la tête.

J'estimais la hauteur, ce n'était que le premier étage mais un large fossé bordait le flanc de l'auberge. Tout un tas de silhouettes encapuchonnées vaquait avec de larges paniers dans les artères principales du village. Je pris une inspiration et bondis. J'atterris sans trop de casse sur mes deux pattes au bord du fossé. Une des silhouettes encapuchonnées passa près de moi et se mit à accélérer à ma vue. Je la pris en chasse. Ma vieille blessure à la jambe criait de douleur après cette réception mais l'individu ne m'échapperai pas longtemps. En moins de deux pâtés de maisons, je lui mis la main sur le col et le retournai violemment vers moi.

— Un meurtre a eu lieu ! Aidez-moi ! Lui criai-je dessus.

— Arrêtez ! Vous.. Vous ne comprenez pas il faut faire vite ! me répondit-elle.

C'était une crapaude d'un certain âge, la peur imprimée sur le visage. Enrubannée d'une vieille cape de cuir, elle camouflait en dessous quelque chose.

— Ils arrivent, n'entendez-vous pas l'Étang !

— Que cachez-vous ?! la questionnais-je.

— Vous n'avez pas idées vous autres ! L'Étang protège !

Elle me porta un coup à la mâchoire d'une main hasardeuse, lâchant sa précieuse cargaison. Ils roulèrent chaotiquement sur la terre boueuse, des œufs sur le point d'éclore. Je les regardais, terrifié. Une dizaine de nouveaux nés, innocents, la fuyarde se jeta au sol pour les récupérer. Une autre crapaude encapuchonnée à laquelle je n'avais pas fait attention me bouscula. Et les cloches reprirent, plus aiguës cette fois ci. Je ne connaissais ces notes que trop bien.

— Ils arrivent ! s'écria-t-elle.

Ma vision redevint trouble, le cauchemar reprenait. Je pouvais désormais l'entendre, le bourdonnement assourdissant de leurs envolées. Les anges malfaisants de mort venant opérer leur sombre dessein. Les cloches sonnant l'alarme de l'attaque. Un brouillard à couper au couteau m'empêchait de les voir mais l'on pouvait les sentir. Ainsi aucune vie n'était trop éloignée de leurs ailes vengeresses. Longtemps j'avais marché pour échapper les terres désolées à leurs mercis. Il fallait croire que rien ne pouvait s'interposer face au mal. Des clameurs pourfendaient le bruit du malheur. "L'Étang protège !" criaient les villageois.

La mère aux œufs avait repris sa course effrénée avec ses enfants. Dans la précipitation elle en avait oublié un. Je m'en saisis. Un joyau de pureté laissé dans un champ de corruption. La vie nouvelle était de ces prodiges qui éclipsent l'ombre ne serait-ce qu'un instant, un moment de candeur tangible résidant dans une fragile coquille. Je le quittais des yeux en le protégeant sous mon bras armé, et le poison du monde reprit racine. Les maintenant nombreuses silhouettes scandant leur devise semblaient toutes se diriger vers le bout du village, là où j'avais aperçu le clocher du haut de ma chambre.

Je me mis à leur poursuite. Un nuage de fumée fut percé par une drosophile qui balaya de ses pattes une grenouille à quelques maisons de moi. La grenouille s'effondra dans une mare de sang et

L'étang

des œufs rebondirent autour de son corps lacéré. L'agresseur disparut aussitôt dans le brouillard. L'assaut avait commencé. Je pouvais entendre les cris des proies face à la mort inéluctable venue d'en haut. Une maison s'embrasa, bientôt suivie par d'autres. Râle de détresses et crépitements de fournaises marbraient la sonate crépusculaire de l'attaque. La cadence des cloches accompagnait les fidèles dans leur course aveugle vers l'étang. Et je les suivais dans leur dévotion, mon cœur suffoquait de battements mais je bondissais. Je voyais mes enfants épurés de leurs souffles de vie joncher les sols. J'en tenais un désormais, un que je pouvais sauver. Celui la vivrait, même si je devais passer une fois de plus la rivière des enfers !

Quand l'horreur de la guerre s'immisçait, tout le reste fuyait. Peu importe la force, l'expérience ou la ruse du guerrier, quel poids avaient-elles face à la peur qui vous saisissait les tripes. Seul l'instinct de survie prévalait, et à cet instant il indiquait la maison sainte au milieu de l'étang. La soif de vengeance ne souhaitant que s'épancher dans mon cœur était terrée sous la terre sombre de l'angoisse.

Ainsi je courais, à grandes enjambées, dépassant faibles et estropiés, et dans ma tête résonnaient ces paroles "L'Étang protège". Mes semblables tombaient sur le chemin, et bientôt le ponton que j'empruntais ne fut que glacis écarlate des miens. Je tremblais, la chaleur s'en était allée, fermant les yeux et serrant ma progéniture je fonçais tête baissée vers l'espoir. L'Étang protège ! J'y étais presque, la chapelle était là. Une petite bâtisse faite de pierres blanches agglutinées à la chaux. Deux cloches de bronze oxydé sonnaient la tempête en haut d'une tour à la toiture pointue. A son sommet, le signe éternel. Un rond presque parfait, l'Étang, la rédemption. Notre sauveur, je l'entendais me murmurer, presque apaisant parmi le vacarme de la mort. Je serai sauf. Je suivais les capuches qui se rassemblaient derrière la chapelle. Des pleurs et des cris de désarroi s'y agglutinaient.

Elles jetaient leurs œufs. Il y en avait des dizaines, des centaines. Des vies innocentes de tout, scarifiées par l'injustice de leurs propres génitrices. Sacrifié dans le vide de l'Étang, mais pourquoi ?? Qu'avaient-ils fait pour mériter cette sentence ? Une grenouille m'attrapa par le bras dans l'espoir d'attraper l'œuf. Je lui portais un coup d'estoc à l'épaule et tendis ma lame en sa direction.

— Jetez-le !!

— Qu'espérez-vous faire sorcière ?! lui criai-je.

— Jetez-le ! Il nous protégera !

Elle se jeta vers moi, j'esquivai subitement. Elle revint à la charge et je me retrouvai dos au mur. D'autres la rejoignirent et me conjurèrent de jeter l'enfant dans l'eau sombre. La tête me tournait et elles m'encerclaient désormais. Je les tenais à distance à grand coup de moulinet de mon glaive. La doyenne du groupe s'avança tout de même et je fus forcé de l'entailler au genou par sommation.

Mais cela ne l'arrêta pas, je tendis ma lame dans le prolongement de mon bras, elle pointait sur son torse. Et elle continua, le fer pénétra dans sa chair, du sang coula de la commissure de ses lèvres. Elle avança jusqu'à ce que je puisse sentir son haleine, jusqu'à ce que le pommeau de mon arme entre en contact avec ses côtes, les brisant sous sa pression. Les autres s'avancèrent alors. Je basculais en arrière en même temps que les portes du clocher.

— L'Étang protège ! hurlaient-elles.

Ma lame était restée dans le corps maintenant sans vie. Je me remis sur pieds d'un bond et fermai les portes depuis l'intérieur de la chapelle. Elles commencèrent à marteler le bois gonflé. Je soulevais ma cape, le bébé était toujours là.

Quelques chaises suffirent à bloquer les portes, mais elles ne tiendraient pas longtemps. J'entendais toujours dehors le tumulte des escarmouches.

L'ameublement était très sommaire, quelques pupitres, bancs et chaises en décrépitude organisaient la salle. Au fond de la nef un cercle d'or pendait au bout d'une corde. Une trappe trônait en dessous. Un cadenas la maintenait scellée. Les grincements des portes d'entrée en train d'être forcées guidèrent sa destruction des coups de mon glaive. Un escalier descendait vers un avenir sans lumière caché derrière la trappe. Je regardais de nouveau l'avorton. Si l'espoir devait se trouver quelque part dans ce monde ayant perdu sa clarté, peut-être fallait-il aussi que je la perde pour le déceler. Les portes allaient céder.

"L'Étang protège" me murmurai-je à moi-même. J'entrepris de descendre dans le passage. Une dizaine de marches plus loin, je ne distinguais plus rien. Le vacarme s'éteignit, tout comme l'odeur de brûlé. Les portes tombèrent et les bruits de pas de dizaines de grenouilles rebondirent dans la nef. Je n'entendis plus qu'un seul son. Celui de la trappe, on l'avait fermée.

L'obscurité m'envahit. Et les murmures dans ma tête résonnèrent. *L'Étang protège.* J'avançais, une patte après l'autre, une marche, puis une autre, pour combien de temps je ne le savais plus. Mon odorat ne percevait rien, ma vue n'absorbait que la nuit, les murs rugueux, ou lisses, étaient-ils proches ? Chaud ou froid ? Le goût de la cendre ne tapissait plus mon goitre. Rien ne parvenait à mes oreilles, excepté les murmures. Ils me disaient de continuer, ainsi je continuais. Je n'étais plus dans un escalier, le sol était plat. De la roche, humide, une cave, plutôt une grotte. L'œuf s'agitait sous mon bras, je le serrais fort contre moi. Il était trop tôt pour qu'il devienne un têtard. Et pourtant il se débattait. *Donne-le-moi !* Ordonna la voix dans ma tête. Non, je ne l'abandonnerai pas. Je vous sauverai, je suis là ! Ne vous inquiétez pas les enfants. *DONNE-LE-MOI !* Proféra la voix. Je tombais à genoux, des larmes coulaient sur mon visage.

— Nooon ! Rendez-les-moi ! Rendez-moi mes enfants, ma femme ! pleurais-je.

Ils te les ont volés.

Je les entrapercevais, quittant ma demeure par le toit détruit, leurs lames souillées du sang ingénu de ma famille. Le vrombissement des ailes n'avait jamais quitté mon esprit.

Ils t'ont tout pris.

Les corps à peine reconnaissables avaient été laissés pour les flammes. Et moi on m'avait laissé pour vivre. La mort dans la vie.
Il est temps de leur prendre en retour. J'allais les emmener avec moi, dans mon enfer.

Tout !

Je le vis.
Je n'étais pas seul dans la grotte. L'instrument de la vengeance. L'amalgame de violence qui trop longtemps n'avait demandé qu'à s'échapper. Je lui tendis l'œuf.
Il s'approcha, comme une montagne dégoulinant sur les plaines. Il était la fin, l'orgueil de l'ombre qui osait s'en prendre au soleil étincelant. Du bout de son être il acquit le présent. Un de plus, dans l'assemblage du malin. Il ferait pleuvoir le châtiment sur leurs ailes blanches.

Il se leva, de tous ses corps. Des tentacules purulents du vice s'insinuaient dans la paroi de la roche. Le plafond se brisa et l'eau s'engouffra dans la grotte. Il me regarda, ils me regardèrent, de leurs yeux qu'ils n'avaient pas encore. Et ils me murmuraient, de leurs bouches qu'ils n'auraient jamais. Une silhouette sans vie grandissante, éclatant le plafond de terre s'interposant à sa quête.

Comme une cuvette, l'étang se vida dans la grotte et bientôt je fus submergé sous les courants. L'eau était poisseuse, dans l'obscurité je nageais, et quelques brasses plus tard je sortais de l'enfer sous-marin. Des gouttes de pluie clapotaient en chœur sur la surface de l'étang.

Le chaos distant du village me revenait, ainsi que de vives lumières lointaines des feux.

Il se tenait au milieu du cercle, haut comme les forêts. La belle blanche occultée par sa forme dessinait sa silhouette. Des bras déstructurés faits d'avortons jaillissaient dans le ciel. Ils émanaient d'une chose impie, prenant racine dans son bassin amniotique.

La pluie calme et sereine caressait mes joues, imitant mes larmes.

Je la leur rendrai.

Pour vaincre le mal, il fallait l'embrasser, ne faire qu'un. Un agglomérat de vies volées, privées d'espoir, qui se levait sans forme et sans lumière comme un titan de fœtus.

La guerre.

La dernière partie de mon âme s'en alla ce jour-là avec ce petit être. Et sur le monde s'abattrait le courroux de mon désespoir.
Un monstre sans visage aux échos de milles cris d'enfants sur le point de connaître la vie, nés pour la reprendre.

La mort.

L'ORANGER

Astrid Massad

I

Il était une fois un arbre. Un arbre unique. Un oranger au milieu d'une terre de neige.

Dans ce monde blanc et froid où il n'y avait que des sapins enneigés et des ruisseaux gelés, survivait ce petit arbre dont les feuilles vertes protégeaient les fruits. La particularité de ses oranges était qu'elles brillaient comme des bougies et teintaient la neige alentour d'un halo doré.

Tout était figé dans le temps.

En regardant de plus près, au pied de l'arbre roulée en boule se trouvait une jeune femme. Ses longs cheveux étaient de la même couleur que les fruits et contrastaient avec le blanc du sol comme une flaque de jus d'orange. Elle semblait endormie tout comme le paysage autour d'elle.

Soudain ce tableau enchanteur s'anima lorsqu'un fruit tomba et rebondit sur la tête de la jeune fille. Tous les jours, la même orange de la même branche tombait au même endroit.

La fille se redressa et étira ses bras blancs avant de dépiauter la petite orange. Elle aspira le jus d'un premier quartier puis goba les suivants.

Elle s'appelait Pavlya et elle était belle dans son long manteau épais dont le blanc se fondait dans le paysage excepté là où ses mèches rousses s'entortillaient, définissant un contour entre elle et la neige.

Pavlya passait ses journées à se balader et à se conter des histoires pour elle-même. Dans cette infinie blancheur, elle était seule. Pas âme qui vive ici, pas même des animaux.

Depuis dix ans elle était dans cette forêt et depuis dix ans elle mangeait son orange à elle dans le froid. Elle n'avait aucune notion du temps car ici rien ne bougeait. Il ne neigeait jamais mais la neige ne fondait jamais non plus.

Pourtant, alors qu'elle glissait sur le lac, cheveux au vent, elle sentit quelque chose pour la première fois. Un tout petit, minuscule flocon. Elle s'arrêta et leva les yeux. Entre la cime des arbres blancs, de la neige voletait.

Après dix ans, elle avait l'impression que la vie revenait à elle.

Sans attendre, elle courut vers l'arbre fruitier. La neige l'entourait sans le toucher. A travers ce rideau de poudre, elle tendit la main vers une orange qui luisait plus que les autres. Elle était même un peu plus chaude que la glace.

— Que se passe-t-il ? se demanda-t-elle.

L'orange étrange tomba de l'arbre. C'était la toute première fois qu'une autre que celle sur la branche de Pavlya tombait. Le fruit roula au sol entouré de son halo doré. La jeune fille le suivit.

Elle courut à travers la forêt, traversa la rivière gelée, escalada les collines de poudreuse et s'arrêta au bord du vide.

C'est ici qu'une partie de l'île s'était fissurée puis détachée il y a dix ans.

C'est ici que se terminait le sol. Au-delà il n'y avait que des nuages.

La lumière de l'orange se mouvait comme une flamme dans la brise, elle s'impatientait et se renforçait. Pavlya la ramassa et la tendit au-dessus d'elle le plus haut possible en guettant l'horizon de brume depuis son île volant dans le ciel.

Quelques jours plus tôt, dans un petit village aux maisons de briques colorées et aux toits décorés de motifs en tout genre, un jeune homme faisait les cent pas.

L'automne avait apporté une odeur de bois brûlé et de feuilles mortes dans tous les logis. Ce village devait être très beau en été avec toutes ces peintures sur chaque façade et ses tuiles rouges mais le ciel gris ternissait tout. Les derniers légumes étaient mis en purée, en bouillon ou en soupe avant d'être distribués.

Au moment des dernières récoltes, Madame Kasnov, bien que toussotant, sortait sa poudre miracle : des épices délicieuses, du sucre, de la cannelle. Ses dernières réserves allaient partir aujourd'hui pour un dernier banquet avant l'hiver.

Cette année serait difficile.

Depuis dix ans, la lumière du village avait disparu. L'été le soleil était là, tout comme au printemps puis arrivait l'automne qui n'était pas facile, quant à l'hiver ce n'était que ténèbres. Sans la Lumière, plus rien ne pouvait pousser dans la terre, il fallait donc faire de grandes récoltes le reste de l'année. Mais le manque de nourriture ou le froid n'étaient pas le plus dur.

En hiver les cauchemars arrivaient. Ils envahissaient chaque habitant et les torturaient jusqu'au lever du soleil. La Lumière n'était plus là pour éclairer les cœurs, nourrir les âmes et raviver la terre.

Ils appelaient ces nuits d'hiver : les Pervnaya.

Tout le village serait éclairé à la bougie d'ici quelques jours. Mais ces petites flammes ne suffiraient pas à repousser la nuit.

Le jeune homme de cette histoire attendait devant une porte en tripotant ses gants troués. Il était mince dans son pantalon de toile marron et son épaisse veste rouge à carreaux. Son visage cerné lui donnait plus que ses vingt ans. Avec le froid de l'hiver qui démarrait, il portait une épaisse chapka dont quelques mèches brunes s'échappaient.

Enfin quelqu'un ouvrit avec un air abattu. Le médecin donna une petite poche remplie de médicaments au garçon qui s'en alla en courant.

Dans sa course, il butta contre un homme particulièrement grand et squelettique.

— Pardon Monsieur le maire.

En face de lui le maire portait un vieux costume gris sous un grand manteau noir et une écharpe en laine autour du cou. Il lui fit un grand sourire avant de regarder la petite poche.

— Passe le bonjour à ta maman, Alyosha.

Il fit un sourire forcé et maladroit avant de s'écarter pour partir mais le maire l'intercepta.

— Dis-moi tu n'as pas eu de nouvelles... visions dernièrement ? Tu m'en parlerais n'est-ce pas ?

Alyosha recula d'un pas. L'hiver dernier une de ses « visions » comme il les appelait, l'avait justement poussé à se méfier de cet homme. Il fit non de la tête.

— Ah bon, c'est bien dommage. Courage pour la première Pervnaya.

Le maire Tovar lui fit un signe de la main et le regarda s'en aller.

Alyosha arriva chez lui, les paroles du maire tournant dans son crâne.

— Maman, maman ! Que faites-vous, allez-vous allonger !

Madame Kasnov reposa les épices et suivit son fils jusqu'à son lit en toussant.

— Mets le dernier bout de sucre dans les gâteaux de potirons. Tu sais comme le vieux Plesch les adore, lui dit-elle en s'installant dans le lit.

Elle le regarda avec tendresse. Il prit un verre de lait et y versa la poudre du médicament. Sa mère but la mixture non sans grimacer et s'allongea. Il s'agenouilla devant le lit en lui prenant les mains.

— Ne pleure pas, tout va s'arranger mon fils, la Lumière reviendra et je guérirais. Sois fort pour la Pervnaya, je reste avec toi.

Malgré ses vingt ans, il se blottit contre elle comme s'il en avait de nouveau huit tandis qu'elle chantonnait en souriant.

En cette première nuit de décembre les cauchemars attaquèrent, sonnant le début du froid et des ténèbres.

Alyosha fit son premier cauchemar. Il rêva d'une ombre immense qui venait engloutir le village. Alors que la panique s'emparait de lui et que la sueur perlait à son front endormi, une lumière dorée aussi petite qu'une flamme de bougie apparut. Cette petite flamme à elle seule empêchait l'ombre d'atteindre le garçon. La lumière se dirigea plus loin attendant qu'il la suive. Mais au lieu d'avancer tout droit elle se mit à monter très haut jusqu'à se superposer avec l'étoile du Nord qui la camoufla. Mais la petite flamme était toujours là

L'oranger

juste derrière cachée de tous. Il voulut l'attraper et tendit la main le plus loin possible.

Soudain il fut réveillé par sa mère qui luttait bruyamment contre ses mauvais rêves, affaiblie dans l'obscurité.

Quelques Pervnaya plus tard, le jeune Alyosha décida de partir.

Il y a quelques années, il avait eu une vision prédisant un voyage, ce qui l'avait incité à entamer la fabrication d'un ballon. Cette nuit-là, pendant la première Pervnaya il avait enfin compris quoi en faire. Il allait suivre cette lumière. Elle lui avait indiqué le chemin auquel personne n'avait pensé. C'est par là qu'il sauverait sa mère des griffes de l'hiver.

Il tira le grand panier et la toile avec lui pendant longtemps avant d'arriver au bout de son monde.

Il avança au bord irrégulier et contempla le vide en dessous.

C'est ici qu'une partie de l'île s'était fissurée puis détachée il y a dix ans.

C'est ici que se terminait le sol. Au-delà il n'y avait que des nuages.

En moins d'une heure, il avait traversé son île volante et jetait maintenant sa montgolfière dans le ciel. En s'envolant dans les nuages, il ne vit pas qu'une petite ombre s'était collée à lui.

L'oranger

II

Pavlya attendait, fixant la brume tandis que la neige se déposait avec délicatesse sur son grand manteau blanc comme pour se camoufler. Sur ses cheveux roux par contre, les flocons avaient l'air de paillettes.

La petite orange brillait de plus en plus fort. Pavlya baissa son bras fatigué. Rien ne se passait. Elle se détourna avec déception quand un cri perça le silence de mort qui régnait ici. Un grand ballon passa au-dessus d'elle avant de s'écraser un peu plus loin sur l'île volante.

L'orange s'agita dans sa main poussant pour rejoindre le ballon.

Alyosha se hissa hors du panier tant bien que mal.

Quelques jours plus tôt, il avait suivi sa vision, au lieu d'aller là où la logique l'indiquait il avait écouté son instinct et était monté haut dans le ciel pour rejoindre l'étoile du Nord qui brillait. Sa lumière transperçait un rideau d'épais nuages noirs. Lorsqu'il l'eut traversé, il s'était dit que les ténèbres l'avaient englouti. L'étoile disparut. Il avait cru être en pleine Pervnaya. De grosses gouttes de pluie s'étaient mises à tomber. Elles n'étaient pas nombreuses mais elles étaient aussi larges que sa tête. Et chaque goutte qui tombait sur un des petits nuages dans ce ciel noir l'imbibait et le transformait en une tempête. Il dut ainsi guetter et éviter chaque goutte et chaque nuage de tempête avant de se sortir de ce cauchemar. Son seul espoir se trouvait dans l'étoile du Nord. Il avait tenu bon et après presque deux semaines de trajets dans le noir et l'orage, elle s'était révélée. Une île flottante lumineuse de tant de blancheur.

Enfin à terre, il regarda tout autour de lui, affolé et épuisé, n'étant pas sûr d'où il était tombé. Le néant, le paradis, il n'y avait que du blanc à perte de vue, soudain le froid le surprit, un froid glacial, un froid perçant mais un froid agréable. Sa respiration s'accéléra, aucun signe de la Lumière, aucun signe de ce qui sauverait sa mère.

Il arrêta toute sa pensée quand un éclat accrocha son œil. La Lumière. La petite orange luisait pour lui depuis les mains de cette jeune fille aussi rousse que le fruit.

Ces cheveux, il les reconnaîtrait entre mille, même si elle avait grandi autant que lui.

— Pavlya ?

Elle le dévisageait, tout son corps figé.

— Qui es-tu ?

— C'est moi, Alyosha. Tu... tu avais disparu avec le reste de l'île... dit-il tandis que des larmes lui brûlaient les yeux. Ça veut dire que je t'ai retrouvée ?

Il chercha à nouveau autour de lui pleins de questions lui venant à l'esprit. Il s'écroula aussitôt de fatigue après cet intense voyage.

— Alyosha ? chuchota-t-elle.

Il avait dormi longtemps d'un sommeil sans rêve et le froid le réveilla. Quelques branches mortes le couvraient mais il était toujours au même endroit. A la vue de la jeune fille assise au loin son corps se réchauffa.

— Pavlya, ce n'est pas un rêve alors.

Elle sentit son cœur s'accélérer en réalisant ce qu'il se passait. Ses mains se mirent à trembler lorsqu'un flocon lui tomba juste sur le nez. Elle s'apaisa et se concentra. Il ne devait pas être ici.

— La Lumière doit être protégée Alyosha, les Hommes ont voulu la détruire en usant des ténèbres. Tu dois partir, il n'y a rien pour toi ici.

Elle allait se détourner quand le petit fruit s'échappa de sa main pour rouler aux pieds du garçon.

— Ce doit être la tienne, tu peux la manger, après va-t'en.

— Pavlya… Cela fait dix ans mais je me rappelle encore quand nous jouions près de l'arbre ensemble. Enfin… jusqu'à ce que l'ombre attaque et que l'île se brise, je suis si heureux de te revoir, marmonna-t-il entre deux sanglots.

— Ici le temps est figé et pourtant il va trop vite, dit-elle en regardant le ciel blanc. Je me souviens des sensations comme si c'était hier. La culpabilité, la trahison, l'amour même, pourtant, tu es aussi flou que si c'était il y a cent ans. Je suis la gardienne de l'arbre Lumière. Je ne faillirai pas à ma tâche comme mes parents.

Alyosha ramassa l'orange qui réchauffa ses mains et avança vers Pavlya dont la froideur lui brisait le cœur après tout ce temps. Il voyait bien qu'elle n'était plus la même mais il avait tant de choses à lui dire.

— Il faut que tu saches, tes parents ne sont plus... Leurs fruits... Leurs fruits auraient pu les sauver mais...

L'expression de Pavlya s'adoucit et elle posa alors sur lui un regard tendre avec un sourire bienveillant.

— Suis-moi.

Ils marchèrent ensemble dans la forêt gelée, et elle continua avec douceur :

— Sur l'arbre il y avait deux branches, celle de mon père et celle de ma mère. Un jour les deux oranges se sont glacées et se sont brisées par terre sans lumière. J'ai alors compris qu'ils n'étaient plus. Pourtant, vois-tu, quelques années après, une nouvelle orange est apparue. Petite et frêle. Puis une autre sur la deuxième branche. Je suppose que des jumeaux sont nés chez toi ?

Il acquiesça.

— C'est dans l'ordre des choses, c'est tout, l'équilibre se maintient seul quand les Hommes ne trichent pas, elle reprit un ton froid. Tu peux rester le temps de réparer ton ballon mais après tu partiras avec ton fruit, il te protégera des ténèbres un temps, et tu ne parleras à personne de l'île.

— Non ! Il faut ramener l'arbre et sauver le village. Tout le monde se meurt et les cauchemars nous envahissent pendant les Pervnaya. C'est ce que tu appelles l'équilibre ça ? La Lumière était là pour nous protéger, pas pour être gardée dans une boule à neige !

Il lui tourna le dos et elle soupira.

— Je suis désolée, mais regarde autour de toi.

Vois toute cette pureté et cette paix.

Alors elle lui montra toutes les merveilles de cet endroit parfait. Ils explorèrent ensemble. Quand le garçon ressentit la fatigue de son voyage, elle le fit se reposer non loin de l'arbre qui réchauffait l'atmosphère en prenant garde à ne jamais le lui montrer. Elle restait méfiante. Il lui raconta la vie de tous les habitants du village un par un. Elle lui montra la forêt, les lacs gelés, la beauté de ce monde figé. Ils se rappelèrent ensemble quelques souvenirs d'enfance mais une contradiction la déchirait. En pensant à eux enfants elle retrouvait ces agréables moments mais aussi des souvenirs plus sombres remontaient à la surface avec eux.

Ils retrouvaient une complicité malgré la douleur qui se cachait en Pavlya.

Elle prit la main d'Alyosha dans la sienne et le regarda droit dans les yeux.

— Un souvenir me revient. Un soir du haut de tes dix ans tu m'avais pris la main comme cela et tu m'avais dit que tu m'épouserais. Je t'aimais Alyosha et j'en étais si heureuse. Je t'aime encore même si mon cœur n'est plus le même, même si tu n'as pas su me sauver.

— J'ai essayé ! J'ai voulu attraper ta main pourtant...

Pavlya remua la tête.

— Je ne parle pas de ce moment-là. La Pavlya que tu aimais est morte il y a bien longtemps, je ne suis plus qu'une pierre sous la neige, maintenant l'équilibre de cette île.

— C'est faux ! Tu es...

Un cri d'animal retentit au loin, strident et inquiétant et ils virent des ombres galopantes entre les sapins blancs.

La détresse se lisait sur le visage de la jeune fille.

Aucun être vivant ne pouvait exister ici. Pavlya se mit à courir entre les arbres. Son long manteau blanc bondissait sur la neige donnant l'impression que toute la forêt était la traîne de sa robe tandis que ses cheveux roux dansaient comme une flamme dans le brouillard.

Elle connaissait cet endroit par cœur et évitait chaque branche basse, sautait sur les rivières gelées sans passer à travers, escaladait les amas de neige sans le moindre effort. Alyosha, lui, peinait pour la suivre tandis que ses bottes s'enfonçaient dans le sol froid. Mais il finit par la rattraper et le vit.

L'oranger

Il était là presque aussi lumineux qu'autrefois.
Splendide et chaud dans ce désert glacial.
L'arbre de Lumière.
Une ombre gênait pourtant cette vision irréelle : Un énorme mouton noir se tenait devant. Pavlya se jeta entre l'arbre et lui telle une mère protégeant ses petits alors que la bête essayait de croquer les fruits.

Son ami se rua sur le mouton pour l'écarter de l'arbre mais la bête avait trop de force.

Pavlya regarda l'animal puis le garçon, son souffle s'accéléra en cherchant à comprendre tout ce qu'il se passait.

— Qu'as-tu fait pauvre fou ? hurla-t-elle enfin. C'est toi qui as ramené cette créature ici pour détruire l'arbre !

Alyosha la regarda, choqué et blessé de cette accusation.

— Pourquoi ferais-je cela Pavlya ?!
— Quelle idiote je suis ! Tu es comme les autres, tu viens ruiner la paix qui règne ici et sur l'île d'en dessous ! Depuis dix ans ton village et ma forêt vivent en paix ainsi séparés par les nuages et tu veux tout gâcher !

Le ton commença à monter et Alyosha se mit à hurler à son tour.

— Quelle paix ?! Le village meurt et sera bientôt englouti par les ténèbres, tu ne vois pas que les fruits ont perdu de leur éclat ?! Tu as peur des Hommes, tu ne veux pas les affronter car c'est à cause de toi que l'île s'est brisée en deux !

Pavlya se décomposa. Un silence de mort régnait. Elle se rappela ce jour où elle avait pris un autre fruit que le sien. Chaque fois que quelqu'un mangeait un fruit différent du sien, une fissure se faisait près de l'arbre. Il était interdit d'en prendre d'autres pourtant beaucoup disparaissaient sans que l'on sache qui les prenait et cela malgré la surveillance des gardiens : Les parents de Pavlya. Alyosha avait tenté de l'en dissuader mais elle n'avait pas écouté. Elle avait pris une autre orange et la fissure finale s'était faite. Séparant leur monde, envoyant la petite Pavlya seule dans les nuages.

Personne n'avait trouvé de trace de l'île qui au lieu d'aller vers le nord était montée haut dans le ciel caché par le rideau de nuages noirs.

Elle revoyait le visage d'Alyosha et sentait sa petite main essayant d'attraper la sienne. Il était si petit à cette époque.

Mais peu importait si c'était sa faute à elle. C'était aussi la faute de tous les humains qui avaient creusé ses fissures.

La colère reprit le dessus. A mesure qu'elle perdait patience, une ombre grandissait près d'elle. En quelques instants un troupeau de moutons noirs les encerclaient. Plus Pavlya s'énervait plus les bêtes s'approchaient.

— Tu as ramené les ténèbres là où ils ne pouvaient venir. Les Hommes détruisent tout ce qui est pur. En ne faisant rien ils l'ont aidé à me détruire, non, ce sont eux qui m'ont détruite.

Toutes les ombres des moutons noirs s'étendaient sur la neige entourant la jeune fille. Ce cercle noir l'atteint et la recouvrit alors que les larmes coulaient sur ses joues et que son visage était déformé par la rage. Ses beaux cheveux roux devinrent aussi noirs que l'encre.

A mesure que la pénombre venait sur elle, les moutons se vidaient de leur ombre puis se désintégrèrent en un amas de neige qui se rassembla pour former une nouvelle silhouette.

Pavlya presque engloutie par la colère, se figea.

— Bonjour ma petite orange.

Alyosha reconnut la sculpture parlante.

— Maire Tovar… murmura-t-il bouche bée.

— Merci Alyosha d'avoir retrouvé mon arbre, que dis-je, mon pouvoir, ma vie éternelle ! Et avec cela ma petite voleuse préférée.

Le jeune garçon ne comprenait pas un mot à tout cela et des souvenirs se mélangeaient.

Il tourna la tête et Pavlya avait à nouveau dix ans, recroquevillée sur elle-même, le regard vide, des larmes sur son petit visage pâle et un tas d'oranges luisantes entre les bras.

— C'était toi Pavlya ? C'était toi qui volais toutes les oranges ? déplora Alyosha.

Tovar tendit une main vers elle.

— Viens ma petite, ramène moi l'arbre dans le village, sinon cette fois ci je pourrai toujours demander à l'ombre de s'occuper de ton cher et tendre que voici.

Le garçon ne put plus rester sans rien faire alors que la petite Pavlya se levait tremblante et sans vie pour amener son trésor à ce monstre.

Il se rua sur l'homme qui s'effondra comme la neige au soleil. L'ombre glissa au sol et reprit la forme de mouton de neige noire qui s'attaqua à l'arbre pour le déterrer.

— Pavlya ! Pavlya ! Réveille-toi ! Ce n'est pas toi ! C'est lui ! Ce sont les ténèbres qui ont fait cela !

Il posa son fruit qu'il avait gardé dans ses mains près de son cœur. La lumière de l'orange fit s'écarter l'ombre de la jeune fille. Il plongea ensuite son regard dans le sien aussi loin qu'il put voir. Il traversa tous ses sentiments, écarta toute la culpabilité qui la rongeait en cet instant et trouva la petite fille qui sommeillait en elle. Il coupa les liens qui se resserraient autour d'elle, il lui promit de ne pas mourir pour briser l'emprise de Tovar.

Puis il prit sa main, il la tira jusqu'à la surface de ses yeux verts et Pavlya sortit de sa transe, transformée.

Elle lui caressa la joue et dit :

— Je suis plus forte maintenant.

Elle se leva libérée de toute noirceur.

Les moutons de neige noire s'attaquaient à l'arbre et la terre se mit à trembler.

— Il faut partir, l'île va s'effondrer ! cria Alyosha

— Pas sans la Lumière.

Elle courut vers l'arbre, monta sur le dos des bêtes et arracha toutes les oranges qu'elle put en les glissant dans le pli de son manteau.

Alyosha repéra la branche de sa mère et récupéra le fruit.

— Vite, viens, l'arbre est en train de se briser !

Ils coururent jusqu'au bout de l'île où il était arrivé avec son ballon mais celui-ci était inutilisable. Ils étaient là face au vide du ciel sur une île flottante sur le point de se désagréger. A part plonger dans le vide, aucune solution ne s'offrait à eux.

L'oranger

III

La terre tremblait de plus en plus. Derrière dans la forêt, ils distinguaient quelque chose. L'ombre glissait sur la glace jusqu'à eux.

Des fissures se firent dans le sol. Le lac gelé se brisa en un tas de cristaux flottants. Des sapins se coupèrent en deux et la neige éclaboussa Pavlya et Alyosha. Une fissure précéda l'ombre et avança vers eux avec une telle force que les deux jeunes gens tombèrent à genoux.

Pavlya laissa alors échapper des fruits de sa robe. L'un deux roula jusqu'au bord du vide et malgré l'effort d'Alyosha pour le rattraper, il tomba dans le vide.

Un silence se fit dans leur esprit en voyant l'orange magique se perdre au travers d'un des nuages.

Un souvenir revint au garçon. Il repensa aux jours qu'il avait passés dans le ciel et aux gigantesques gouttes de pluie qui tombaient. Une seule goutte sur un nuage et il devenait une tempête.

Le même genre de magie se produisit : Ils virent l'orange traverser un petit nuage qui se mit alors à se solidifier jusqu'à devenir une île volante miniature faite de roche comme la leur et en son centre poussa un arbuste. Un pommier dont les pommes luisaient d'un rouge vif.

Les deux restèrent un moment à fixer ce rocher flottant. Une nouvelle vague de tremblements les força à s'en désintéresser. Les fissures s'étaient faites plus imposantes encore et des morceaux de l'île commencèrent à se briser et à tomber dans l'infini du ciel.

Alyosha se releva et prit la main de Pavlya. Il ramassa une autre orange dans son manteau et la mit dans sa main.

— Une seule suffira à faire pousser un nouvel arbre dans le village, il la regarda droit dans les yeux. Veux-tu te sacrifier avec la Lumière pour que ton ennemi ne l'ait jamais ou bien es-tu prête à l'affronter et à pardonner les Hommes qui n'ont pas su te sauver ?

Pavlya inspira.

— Je n'aurai plus jamais besoin d'être sauvée. Je le vaincrai enfin.

Elle prit l'orange dans sa main et la jeta au loin puis elle prit à son tour la main du garçon et courut dans la neige, souriante. Elle l'entraîna avec elle, sautant par-dessus les fissures, bondissant sur les rochers en train de se détacher et enfin ils se jetèrent dans le vide.

Alyosha, juste derrière elle, eut l'impression d'être loin, très loin. Elle était dans une autre dimension car après dix ans, seule dans un monde de glace elle serait à jamais différente de tous. En voyant cela, en voyant cette force qu'elle dégageait, il sut qu'il l'aimerait jusqu'au bout des mondes.

Ils atterrirent sur l'île miniature du pommier sur laquelle ils tenaient tout juste à deux avec l'arbre.

L'autre orange qu'elle avait jetée avait créé une seconde petite île volante avec un jeune prunier cette fois. Ils bondirent sur celle-ci aussi. Ils se retournèrent et virent l'île enneigée qui se décomposait. Les moutons noirs étaient redevenus de la neige fondue et l'ombre disparut après avoir englouti l'Oranger. Des morceaux de roches se brisaient, les arbres tombaient, la destruction de son monde se déroulait sous ses yeux.

Une larme glissa sur sa joue mais Pavlya savait que c'était pour le mieux. Enfin elle était sortie de cette boule à neige. Enfin elle allait commencer à vivre.

Elle se détourna, déterminée, et continua à jeter ses fruits sur les nuages créant tout un tas d'îlots volants avec toutes sortes d'arbres dont les fruits brillaient comme des bougies.

Ainsi ils avancèrent d'un îlot à l'autre comme s'ils volaient. S'arrêtant pour goûter les nouveaux fruits. Il leur fallut quelques jours pour franchir toutes les tempêtes qui s'écartaient d'elles même à la vue de toutes ces lumières. Ils traversèrent le rideau de nuage noir aisément, passant au travers comme une flamme passe à travers la nuit.

Lorsqu'enfin ils s'approchèrent du village volant, des habitants les virent. Ils crurent d'abord que des anges descendaient du paradis pour les sauver. Certains continueront à le raconter de cette façon.

Au bout du chemin, il ne leur restait plus que deux oranges magiques.

Celle pour replanter l'arbre et celle pour la maman d'Alyosha dont la maladie s'aggravait.

Ils firent leur dernier saut pour rejoindre le village flottant, ensemble. Quelques personnes étaient venues à leur rencontre après les avoir vu descendre du ciel mais il n'y avait pas de temps pour des retrouvailles.

— Rejoins la, moi je me charge de Tovar.

— Pense d'abord à la Lumière Pavlya, la vengeance ne t'empêchera pas de te faire engloutir par ses ténèbres, bien au contraire.

Sur ces mots, Alyosha partit chez lui. C'est essoufflé qu'il passa la porte et se précipita au lit de sa mère.

Elle était pâle et tremblante, sa respiration haletante. Endormie, elle luttait toujours contre ses cauchemars. Il écouta son cœur mais celui-ci était si faible qu'il parvenait à peine à le sentir. Il essaya de la réveiller mais elle était entre la vie et la mort. Il décortiqua au plus vite l'orange lumineuse et pressa un premier quartier au-dessus de ses lèvres. Quelques gouttes suffirent à calmer sa respiration. Il en pressa un autre et sa mère ouvrit les yeux. Elle prit un instant pour revenir dans la réalité mais ce fut lorsqu'Alyosha se jeta dans ses bras qu'elle revit pour de bon.

— Mon fils, mon petit garçon, que s'est-il passé, où as-tu trouvé ma Lumière ?

Alyosha lui narra son épopée en essayant d'aller droit au but. Quand il eut terminé, sa mère encore faible, souriait avec douceur. Elle était fière de lui, si fière et si heureuse qu'il ait retrouvé Pavlya.

Tiens Maman, finis ton orange pour te guérir.

Elle écarta le quartier qu'il tendait et son expression se fit plus grave.

Attends Alyosha.

Malgré les années qui étaient passées, le souvenir du village revint dans la mémoire de Pavlya comme si elle n'était jamais partie. Elle se précipita donc vers le cœur de celui-ci. Elle espérait prendre le maire de court mais son ami avait raison. Il fallait surtout qu'elle plante l'orange si elle voulait écarter l'ombre.

Son idée tomba en miettes en arrivant sur la grand' place. Au milieu se trouvait un homme squelettique, en manteau noir et écharpe de laine.

— Tovar.

Avec calme, il ordonna que tous les habitants rentrent chez eux. Face aux visages perplexes des passants, il ajouta avec un sourire mesquin :

— Voici la fille des ténèbres.

Tout le monde rentra aussitôt chez soi. Il ne resta plus qu'elle et lui sur cette grande place vide mais les humains sont curieux. Ils se mirent tous à leur fenêtre. On pouvait entendre leurs chuchotements et parfois un enfant demandait pourquoi elle était la fille des ténèbres tandis qu'un adulte lui répondait de se taire. Tous avaient peur d'elle et leur peur prenait forme : Toutes les ombres de ces gens effrayés se rassemblaient autour de Tovar.

— Voyez ce qu'elle cherche à faire, elle utilise l'ombre contre moi mais n'ayez crainte je suis votre protecteur et la fille des ténèbres repartira en enfer.

Il criait pour être bien entendu par tous et chaque fois qu'il prononçait le mot ténèbres les ombres s'agrandissaient à l'image de la peur que cela provoquait chez les habitants.

Il ajouta à la seule attention de Pavlya :

— Je ne sais pas comment tu as échappé à la destruction de ton île glaciale mais sache une chose, ici tu n'es rien, ils te détestent tous. C'est normal puisque... il haussa de nouveau la voix pour tous. C'est toi qui as provoqué la perte de la Lumière. Tu as volé les fruits de gens innocents, tu as fissuré le sol et tu es parti avec l'arbre pour l'avoir juste pour toi. Les ténèbres eux-mêmes te dévoreront !

A ces mots, toutes les ombres glissèrent sur le sol en direction de Pavlya, contrôlées par Tovar mais aussi par toutes les peurs alentour.

Pavlya bouillonnait intérieurement de rage. Elle s'était longtemps maltraitée avec sa culpabilité mais à présent c'était terminé elle ne se ferait plus jamais manipuler par cet homme. Elle n'avait plus de ressentiment contre les habitants, ils étaient aussi faibles que des marionnettes. Comme elle avant. Il fallait juste leur ouvrir les yeux.

Elle tendit son bras vers le ciel. Soudain des voix s'élevèrent, tout un tas d'exclamations à la fois choquées, angoissées, mais aussi emplies d'espoir à la vue de cette scène :

Pavlya tenait au creux de sa main la dernière orange qui irradiait la place de sa lumière.

Les ombres ne purent l'atteindre.

— Voyez comme il tremble face à moi. Voyez votre maire, votre gourou commandant les ombres. Entendez comme il tord la vérité en murmurant dans vos oreilles. C'est vrai. J'ai volé les fruits qui vous appartenaient et j'ai déclenché la grande fissure, oui. Mais je suppose qu'il vous a dit plus que juste la vérité. A-t-il dit que je les avais mangés ? Que j'avais volé votre force vitale en les dégustant ? Peut-être a-t-il ajouté que j'étais devenue immortelle grâce à cela ?

A mesure qu'elle parlait, la Lumière de l'orange recouvrait tout son corps. Ses cheveux roux se parsemèrent de paillettes dorées, son long manteau blanc brillait comme la neige au soleil.

— Croyez-vous vraiment qu'une petite fille de dix ans peut seulement vouloir faire cela. Et pas n'importe quelle fille. La fille de deux gardiens de la Lumière qui l'ont élevée dans l'amour et la générosité. Si la vérité ne vous effraie pas alors la voilà. Cet homme est un serviteur de l'Ombre. Cet homme a menacé de tuer les gardiens si je ne lui donnais pas les fruits. Cet homme a amené les ténèbres jusque dans l'hiver !

La place n'avait jamais été aussi silencieuse. Devant Pavlya aussi lumineuse que l'oranger, comment douter ? Une fille des ténèbres ne pourrait jamais ne faire qu'un avec la Lumière. Depuis leurs fenêtres, les témoins les plus courageux se mirent à l'encourager. En face, le visage de Tovar était déformé par la rage, il était sombre comme le néant.

Le sol ombragé se mit à trembler puis à se gondoler. Plus sa respiration de colère s'accélérait plus des formes sortaient du sol. Les ombres prenaient vie. Pourtant au lieu d'attaquer Pavlya protégée par la Lumière, les formes se dispersèrent vers les maisons.

— NON ! Hurla Alyosha qui arrivait à ce moment. Une ombre se jeta sur lui pour l'engloutir.

Pavlya se retourna prise au piège.

— Arrêtez ! implora-t-elle.

— Jette le fruit par terre et l'ombre libérera ton ami.

Voilà que Tovar révélait son vrai visage. L'ombre recouvrit le visage d'Alyosha jusqu'à l'étouffer.

Pavlya n'était plus seule. Elle mettrait certes du temps avant d'avoir confiance en tous les habitants mais Alyosha, lui, il avait lu en elle. Elle l'aimait plus qu'elle n'aimait la vie. C'est pour cela qu'elle abandonna l'orange à ses pieds.

Aussitôt Tovar la récupéra puis il prit le menton de la jeune fille dans les mains et lui murmura avec un sourire carnassier :

— Exactement comme la dernière fois.

Et devant ses yeux il écrasa la dernière Lumière au creux de sa main en riant au nez de Pavlya.

C'était la fin de tout. Le ciel se couvrait d'épais nuages noirs. Maintenant il n'y aurait pas seulement l'hiver qui serait tourmenté par les Pervnaya mais toutes les saisons deviendraient une seule Pervnaya définitive.

— Oui roi des ténèbres, vient prendre ton dû ! Vient avaler cette terre et faire de moi ton sujet immortel !

Il regardait le ciel avec une expression de démence tandis que son rire guttural résonnait dans toutes les maisons.

Pavlya à genoux près de son aimé libéré de l'ombre, regardait ce ciel des enfers.

— Qu'ai-je fait…

— Tu nous as tous sauvés, répondit Alyosha qui recouvrait ses sens.

Elle le regarda incrédule.

Soudain une étincelle apparut dans le ciel.

L'oranger

— Non ! Que fais-tu pauvre folle ! S'égosilla Tovar. Derrière lui au milieu de la grand' place, Madame Kasnov se trouvait par terre à genoux, un quartier d'orange brillant entre les mains. Le tout dernier qu'elle n'avait pas mangé. Bien qu'affaiblie, elle souriait en glissant le petit bout de fruit dans le sol.

Dans le ciel une éclaircie se fit et écarta l'orage.

Un tout petit oranger poussa entre les pavés. Il était frêle et fragile, pourtant ses fruits étaient mille fois plus brillants que sur l'île enneigée.

En cette fin de décembre l'arbre de Lumière était enfin de retour.

Tout le monde s'émerveilla de cela. Les habitants pleuraient de joie mais ce n'était pas terminé.

Tovar se rua vers elle mais une force le renversa par terre. Pavlya se tenait au-dessus de lui les mains plaquées sur son visage. Elle plongea son regard dans celui de Tovar comme l'avait fait Alyosha avec elle.

Elle entra dans ses pupilles et découvrit une terre de désolation.

Un enfant pleurait au milieu de ce désert. Elle s'approcha de lui et lui prit la main.

— Tovar ? Tu peux quitter cet endroit tu sais, il te suffit de renoncer aux ténèbres.

Le petit leva les yeux vers elle.

— C'est trop tard pour moi. Sans Ombre, la Lumière n'existe pas. Toi tu n'es que lumière alors que moi je n'avais que de l'Ombre. Je te confie mes ténèbres, mon fardeau.

L'enfant se transforma en statue de glace et se brisa en éclats de cristaux pailletés.

Pavlya fut renvoyée dans le monde réel pour voir Tovar se désagréger comme la neige. Le visage de l'homme devint noir avant de disparaitre et cette noirceur déteint sur un des bras de Pavlya.

Quand le corps eut disparu et que la jeune fille se releva tout son bras gauche était devenu noir et elle comprenait enfin ce qu'était l'équilibre.

Un an plus tard, l'hiver était merveilleux. La neige blanche recouvrait le sol mais malgré cela des légumes s'étaient remis à pousser.

Les Pervnaya n'existaient plus pourtant plus personne ne mangeait d'oranges lumineuses. Ils avaient compris que cette Lumière était plus forte si on la laissait s'épanouir.

En cette fin décembre, Madame Kasnov avait préparé un banquet pour le village afin de célébrer la joie. Ce jour-là, ils se partageaient tous ensemble les fruits de l'arbre.

Pavlya qui n serait plus jamais vraiment chez elle ici, décida de partir pour voyager et découvrir les autres îles flottantes du monde. Elle dit à Madame Kasnov :

— Les ténèbres sont partout et le monde doit être guidé. Sans Ombre, la Lumière ne peut être trouvée, elle souleva sa manche pour laisser découvrir son bras noirci. Et je veux leur apprendre l'équilibre de ces deux faces.

Ainsi elle s'en alla. Une fois arrivée au bord de l'île flottante, son ballon n'était pas vide. Alyosha l'attendait, bien installé. Il s'était promis de la suivre jusqu'au bout des mondes.

Ils partirent tous les deux unis par le ciel.

LE CHANT DE LA PLUIE

Virgile Fondanaiche

Depuis aussi longtemps que je me souvienne, la pluie a toujours été une fascination pour moi. Cette façon qu'elle a, roulant sur le pare-brise, de capter toute mon attention. Grosses comme petites gouttes, dans une course folle vers le capot.

Un spectacle aux pronostics impossibles dans une course pleine de surprise, impossible de miser sur le bon cheval tant les revirements étaient d'usage.

La championne, à tout moment s'arrêtait, hésitante, se faisait écraser par une plus coriace.

Une autre traînante finissait par en démordre et se mêlant à une conjointe entamait sa percée. Elles se trahissaient, se dévoraient, s'enlaçaient, le temps d'une descente. Un unique dessein, survivre et toucher le bout.

Puis tout s'arrête, la goutte disparaît au bas du pare-brise, et l'on en regarde une autre. Et la course reprend. Délit d'amour et injustices pendantes au holster. Qu'importe tant que l'on arrive en bas.

La vitre devint rouge et je freinai au carrefour.

Je jetais un coup d'œil à mon rétroviseur et croisai son regard, il déblatérait toujours. J'avais depuis bien longtemps cessé de les écouter jacasser. L'un après l'autre c'étaient toujours les mêmes histoires. Des récits héroïques de leurs vies palpitantes mais inutiles, des peurs irrationnelles et les pires d'entre eux des regrets. Ah qu'est-ce que j'exécrais ceux-là. Larmoyant et présomptueux, comme s'ils avaient une part à accomplir dans un grand tout. Le complexe du héros.

Mais celui-ci était un original, des lueurs d'espoir scintillaient dans ses yeux. Son visage s'éclaircit de vert et je repris la route.

— ...vos essuie-glaces ? Ça vous gêne pas ? C'est qu...

Quelque chose me taraudait chez lui depuis qu'il était monté sur ma banquette arrière. C'était sa voix, cristalline et douce, elle m'était familière. De vue il ne me disait rien, mais je n'ai jamais porté la moindre importance au physique de mes clients et je ne les recroise jamais deux fois. Mais cette voix me troublait, elle n'était pas de ces voix que l'on oublie. Elle était insufflée de vie, enivrante même pour mes oreilles désabusées.

— ...ainsi donc me voici, au bord du précipice pour elle. C'est un fardeau que je porterai aisément soyez-en...

Allons bon nous y étions, les grandes tirades mélodramatiques. Ah mais qu'est-ce que je me détestais à prêter attention à celui-là. Cette voix sortie d'ailleurs, comme un chant des profondeurs oubliées perçant la noirceur des abysses de sa pure candeur. Quel fade ode égoïste... Mais je buvais son discours.

— Vous allez faire date savez-vous, ce jour sera narré pendant des générations.

— Mmrgh, maugréais-je.

— Pas bavard. J'me doutais bien. Doit pas être facile votre job, enfin vous avez de la chance vous n'avez pas toutes ces responsabilités, rien qu'hier...

Drôle de lueur, qu'était celle de ces chandelles, toujours prêtes à virevolter, rougeoyer, hérisser des flammes longues et puissantes pour que le monde les voie.

Des phares sur une mer trop calme à leurs goûts. Autant se consumer par les deux bouts. Récupérer la cire de leurs congénères pour d'un feu mirobolant attraper pour quelques moments insignifiants, la lumière.

— ...énormément de respect pour les gens comme vous, les choses simples qui..

Tous autant qu'ils étaient, finissaient par s'y brûler. Un brasero d'hypocrisie. Il ricanait.

Le chant de la pluie

— ...votre patron va être tout surpris de m'voi...

— On ne parle pas de mon Employeur. Le coupai-je d'un ton sec."

Comme un métronome, le clapotement de la pluie imposait son rythme, il se faisait plus soutenu.

Nous approchions de notre destination, je roulais plus vite, ce n'était pas dans mes habitudes. J'aime ce trajet, je le connais, il est calme et la pluie me berce. J'ai tout mon temps.

Mais cette fois ci j'étais en avance, ce client me perturbait.

C'était bien la première fois que je leur adressais la parole. Son chant de sirène domptait le feu rageur qu'il attisait de son être apathique. J'accélérais encore, au plus vite arriver, au plus vite je me débarrasserais de ce mal qui me rongeait l'esprit.

— ...voulais pas vous offenser, vous savez j'aime me penser libre comme l'air, je ne pourrai pas travailler pour quelqu'un, j'œuvre pour moi-même, mon esprit. Je pense que nous devrions tous aspirer à travailler pour notre bien...

— Quelle est votre... profession ? m'enquis-je abruptement.

Quel était ce sortilège, pourquoi m'intéressai-je à ces insipidités ! Une part de moi avait besoin de savoir, même si je savais déjà.

— ...entre autres voyez. J'ai de lourdes responsabilités, je suis nécessaire au bien de nombre de gens comme vous. Une position qui paraît enviable mais croyez-moi j'échangerai avec vous sans peine. C'est un…

Rien, il ne faisait rien. Rien que patauger dans son estime personnelle à se vanter de littéralement faire vivre des gens proclamés incapables de penser sans lui.

— ... je ne pourrai pas être un rouage du système, non je me vois comme un perturbateur !

Un enchanteur, dopé à la flatterie, qui n'accomplit rien.

— ... personne ne le fera. Il faut bien s'y sacrifier. Ce sont les perturbateurs que l'on retiendra dans l'histoire vous savez.

C'était bien son comble, persuadé d'être le perturbateur d'un ordre qu'il maintient en vie, en détruisant un autre qui n'encombre que ceux en quête d'immortalité.

Mon employeur ne va faire qu'une bouchée de ce serpent.

Les grandes grilles de fer s'ouvrirent à notre arrivée. J'avançais dans l'allée segmentée de cyprès noirs jusqu'au bâtiment de mon employeur. Une tour de béton noire haute comme les montagnes. Les trois massifs chiens de garde grommelèrent à mon arrivée, et les portes d'entrée s'ouvrirent sur un long couloir sans fond alors que je me garai.

— Je ne devrai pas être long, attendez-moi là ! Vous allez entrer dans la légende mon vieux !

Le chant de la pluie

Et il sortit d'un pas sûr et hautain de la voiture. Que voulait-il dire. Était-il complètement stupide ?

Là où je conduisais mes clients n'était pas de ces endroits dont l'on revient. Il venait de toucher le bas du pare-brise. Par quelle insolence osait-il s'y interposer de sa voix cajoleuse.

Les grognements des canidés accompagnèrent son passage et il disparut dans l'ombre de la grande porte qu'on lui ouvrit.

Le moteur de la voiture tournait encore. Que voulait-il dire que je l'attende ? Il n'y avait rien à attendre, comment pouvait- il être en si grand déni.

Je me surpris à couper le contact.

Il n'allait pas revenir, jamais aucun ne l'avait fait.

Et par mon Employeur ! Que ça me réchauffait l'âme de le savoir…

Et pourtant... Entrouvrons la, cette boîte de pandore. J'avais besoin de comprendre, de voir d'encore plus prêt ce monstre d'orgueil. Une infime partie de moi voulait le voir ouvrir ces lourdes portes et redescendre ces marches usées par le temps.

Alors j'attendis. De longues minutes passèrent. La pluie martelait toujours le capot. Un nouveau client me notifia une course et pour la première fois de ma carrière je le déclinais. Un autre encore. Je lui réservais le même sort. Quel allait-il être d'ailleurs ? Aucune idée, sans doute que mon employeur m'en tiendra rigueur. Aussi me pardonnera-t-il pour toutes mes années de bons et loyaux services.

Un des chiens était venu renifler les pneus mouillés. Il n'avait pas l'habitude que je reste ici. J'ouvris la fenêtre et lui tendis la main, je préférais la compagnie des animaux à celle des hommes. Lui aussi m'aimait bien. Ils étaient nés pour garder cette entrée, et moi pour y amener des clients. Au fond nous étions un peu collègues de travail.

La pluie sur la peau de mon bras coulait doucement. Et je pris conscience du temps que j'avais passé ici. Ce n'était donc bien qu'une énième grande gueule à la langue bien pendue.

Je dis au revoir d'une caresse et remontais la vitre. Le moteur se remit à ronronner au demi-tour de la clef.

J'embrayais la première quand soudain les portes s'ouvrirent. Il se tenait là, droit et fier comme il l'était avant d'y entrer, le sourire aux lèvres.

— Aaah tu m'as attendu ! Je savais que t'avais d'la trempe ! Retour à la case départ chauffeur hop hop pas de temps à perdre haha !

Je n'en revenais pas mes yeux. Qui était cet homme. D'un pas sûr il vint ouvrir la porte arrière mais n'y entra pas. Derrière lui se tenait quelqu'un. Une silhouette menue toute recouverte d'un lin turquoise trempée. Elle tremblait de froid.

— En voiture mon amour ! A nous la gloire ! s'exclama-t-il.

Le chant de la pluie

La forme drapée se faufila sur la banquette arrière pour s'asseoir derrière moi. La tête que l'on devinait en dessous se leva en ma direction.

— Merci, dit-elle d'une voix douce.

— C'est lui qui m'a amené pour te sauver ! Un brave homme et honnête citoyen qui n'a pas peur de mettre un pied dans l'engrenage du système, pas vrai ?!

J'étais sans voix. Il entrait à son tour dans la voiture après s'être recoiffé avec le reflet de la fenêtre.

Je relâchais l'embrayage mécaniquement et je reprenais la route.

Sa voix intarissable dans mon dos m'hypnotisait

Voilà que je passais le portail, et pour la première fois, accompagné.

Je n'avais jamais fait le chemin retour avec des clients. Mon esprit était en déroute, mon sens en autopilote nous conduisait à vive allure sur la voie rapide. La pluie battante redoublait d'effort et le tonnerre grondait. Le brouillard sombre de la nuit envahissait un peu plus le paysage et l'odeur des prés mouillés infusait l'habitacle. L'autre cliente n'avait pas prononcé un autre mot que ses remerciements. Lui continuait de bavasser, me faisant des clins d'œil dans le rétroviseur, en profitant pour se recoiffer.

Je hochais la tête bêtement, je n'écoutais même plus ses paroles mielleuses. Devais-je les conduire à bon port ? Quelle était la marche à suivre dans cette situation. Impensable que mon Employeur ne le tolère, et pourtant ils étaient là. Sortis par la grande porte, sereins, et désormais les fesses vissées sur ma banquette arrière. Il les aurait laissés s'en aller de bon gré ?

Je scrutais la jeune forme encapuchonnée essayant de distinguer ses traits mystérieux. Il ne lui parlait pas, il ne s'adressait qu'à moi.

— Eh dis-moi, mets donc tes essuies glaces, on n'y voit rien là. J'aime pas ça, me lança-t-il.

J'aimais les abysses de la nuit, le mystère qu'elles cachaient. Trouver du réconfort dans cette brume hasardeuse, qui éloigne l'ennui….

Mais je m'exécutais. Les balais raclèrent le pare-brise et nettoyèrent les empreintes laissées par la danse de la pluie. Le bitume flou devint plus net et je distinguais déjà le pont à double bascule. Puis il s'embruma de nouveau de gouttelettes intrépides. A chaque fois qu'elles se faisaient balayer j'avais l'impression d'avoir fait un bon de géant.

Nous étions presque arrivés.

Soudain la douce voix de la jeune femme encapuchonnée coupa les élucubrations de son voisin. "Sache que je ne te laisserai pas avoir ta légende." Dit-elle très calmement.

Il resta bouche bée.

Après m'avoir lancé un regard, il se tourna vers elle. "Allons bon, je viens te sauver, et tu m'en veux encore !

— Je préférerais mille ans de torture que de retourner avec toi.

— Petite sotte, tu ne sais pas de quoi tu parles, tu n'as pas idée de tout ce que j'ai fait pour toi !

— Tu ne l'as fait que pour toi et ta gloire.

Je les écoutais parler tout en m'arrêtant devant la barrière. Derrière elle se tenait un mur de goudron. La moitié de la route formant le pont à bascule. Un immense édifice de pierre grise qui nous séparait de l'autre côté de la ville. Dernier rempart à ses terres ne connaissant que la nuit.

Je descendis ma fenêtre et y passa mon bras raide. Je mis deux pièces dans la machine et le lourd bruit des engrenages se mit en route.

— Tu n'es ici dans cette voiture que grâce à moi ! Peut-être que tu l'oublies vite ça. Enfin ma chérie écoute toi, j'ai bravé monts et marées pour te retrouver…

— Je ne suis que le trophée de ton mythe, tu ne m'as jamais vu comme autre chose…"

Sur ces paroles qu'elle semblait avoir sur le cœur depuis trop longtemps, elle mit ses mains autour de sa capuche.

— Nooon ! Malheureuse ! Ne fais pas ça ! s'écria t'il en se cachant les yeux.

La barrière s'élevait doucement. Et les engrenages faisaient leur office, descendant les deux lourdes moitiés du pont, nous donnant bientôt l'occasion d'entrevoir le bout de la route.

— Ainsi donc après tout ce temps tu ne veux pas me regarder, lui dit-elle.

— Tu sais bien que je ne peux ! Cache ce visage ou tu resteras ici à jamais !

— Je n'en ai pas peur.

— Aaaaah sombre idiote ! J'ai dit au monde entier que je te ramènerai, ce n'est pas maintenant que je vais échouer ! s'écria-t-il.

Le pont était complètement abaissé, et j'avais toujours le pied sur le frein, décontenancé.

— Tu l'auras voulu ! lui lança-t-il en armant son poing. Alors qu'il s'apprêtait à lui asséner un coup, elle lui dévia le bras et lui retourna un violent coup de coude à la mâchoire. Puis d'une main ferme lui fit pression sur la gorge.

Elle tourna doucement son regard vers moi.

— Monsieur, comment vous appelez vous ? me demanda-t-elle gentiment.

Surpris par la question je bafouillai. On ne m'avait jamais demandé mon nom.

Pourquoi souhaitait-elle le savoir ?

— Mgrh… marmonnai-je.

— Ce n'est pas grave, excusez-moi. Voudriez-vous traverser ce pont s'il vous plaît ? Ne vous arrêtez pas.

J'acquiesçai timidement et nous nous remîmes en marche.

De sa main libre, elle se découvrit le visage. Elle avait le visage d'une statue. Un regard figé dans la roche. Une carence d'émotion, qui insufflait à ses traits une amère mélancolie.

— Regarde-moi, maintenant, lui ordonna-t-elle.

— Aaah ! Mais pourquoi fais-tu ça ?! pleurnichait-il les yeux fermés.

— Regarde-moi.

— Tu vas rester ici à jamais... C'était le contrat !

— Regarde-moi !

Il finit par s'exécuter, ses pupilles s'agrandirent à sa vue, comme s'il la regardait vraiment pour la première fois. Il se mit à pleurer.

— Je suis désolé... Je ferai en sorte que tu ne sois pas oubliée je te le promets...

— Oh je ne serai pas oubliée.

Il renifla et reprit méchamment.

— Snif.. Tu n'es qu'une sorcière, tu n'as jamais que vécu dans mon ombre, jalouse, tu y resteras !

— Aujourd'hui c'est toi qui resteras dans les ombres."

Nous avions traversé la moitié du pont. Les essuies glaces peinaient à éclaircir la vitre.

— Que veux-tu dire ?

— Tu n'es rien. L'unique chose que tu es habilité à faire semble te dépasser. Incapable de lire correctement ton propre contrat.

Après une pause, il se dégagea un bras de sa prise et sortit précipitamment de l'intérieur de sa veste une pochette qu'il entrouvrit. Une simple feuille y reposait, avare d'encre, elle arborait quelques lignes en son centre et deux signatures la paraphaient.

Il la scruta comme si sa vie en dépendait et releva le regard vers l'autre bout du bras qui lui serrait le cou.

— Tu divagues. Rien n'altérera ma légende, tu n'as fait que la retarder je reviendrais te chercher !

— Tu n'en auras pas le pouvoir.

— Mais qu'est-ce que tu racontes ?!

— Lis.

— Mais j'ai lu, j'étais là lors de la rédaction avec le Contracteur !

— Lis ! S'énerva-t-elle intensifiant la pression sur sa gorge.

— La ferme ! Tu ne m'ordonnes rien ! Tu es...

— "Le visage de l'être aimé" !

— Je sais lire ! Je.. Tu…

— "Si et seulement s'il est regardé durant la traversée, celui-ci restera condamné à jamais à l'effroi sur le domaine du Contracteur.

— Ce… Tu… Cela ne change rien au contrat.

— Cela change quand l'être aimé n'est pas celui auquel on pense."

Il devint silencieux, puis me regarda dans le rétroviseur, il croisa de nouveau son propre regard. Ses pupilles s'étrécirent et la peur s'y imprima. Il comprit.

Les moires peuvent être cruelles, aujourd'hui elles avaient en plus choisi d'être justes.

Le chant de la pluie

La jeune femme lui sourit doucement et lui offrit un baiser.

La ceinture de sécurité s'arma subitement autour de son corps. Animé d'une volonté sanguinaire, elle le lacera à son siège. Il ne disait plus un mot.

Le serpent noir lui serra le cou à lui faire exploser les veines. Ses membres convulsèrent de douleur, son visage rouge sang gonflait et ses yeux exorbitants tournèrent. Son corps tout entier se faisait absorber par la matière composant la banquette.

Il ne fit bientôt plus qu'un avec le siège qui l'assimila dans un bruit d'os broyé. Le grondement du tonnerre et le martelage de la pluie peinèrent à triompher de ses derniers sanglots d'agonie. Le siège reprit sa forme originelle, vide.

Nous étions arrivés de l'autre côté du pont.

— Merci, vous pouvez me déposer là.... Voilà parfait !

Elle ouvrit la portière et me déposa deux pièces dans la main.

— Merci ! Bonne journée, enfin plutôt bonne nuit ! rigola-t-elle en s'en allant le pas léger.

Elle s'éloigna de quelques pas, chancelante de légèreté.

J'ouvris subitement ma fenêtre et m'y pencha sous la pluie battante.

— Charon ! Lançai-je.

Elle se retourna surprise.

— On… on me nomme Charon !

Elle me fit un grand sourire.

Elle reprit sa route, et disparut dans les rideaux d'averses.

Mon biper m'annonça un nouveau client.

Je pris une inspiration et coupais les essuie glaces, laissant libre court à la valse des gouttes.

Une d'entre elles, bien plus grosse que les autres, s'était accumulée au-dessus du balai d'essuie-glace. Elle reprit sa route.

Gargantuesque chimère traçant en ligne droite. Elle était toute proche de l'arrivée.

Quand soudain elle fut saisie au vol, par une toute petite gouttelette, oubliée, descendant à pleine vitesse. Explosant la masse agglomérée à son contact, et ne laissant que des miettes.

Elle termina doucement sa course, et je cessais de les regarder.

Je me ressaisis et abaissais le frein à main. Allons bon, je n'allais pas devenir sentimental. Je suis chauffeur, je conduis mes clients, c'est ce pourquoi je suis conçu.

Pas d'élan de poésie pour moi.

Non, reprenons la route, la nuit est encore longue. Je lançais ma course.

Encore un tiers de mon réservoir. Trente bons kilomètres, une moitié d'heure. Je refermais la fenêtre et me concentrais sur la route.

Je suis le chauffeur. Mon regard se fixa sur l'asphalte.

Je souris.

Par mon employeur que me valait ce bonheur ?

C'est le chant de la pluie, partition de la nuit.

Confessions d'une Fleur

Astrid Massad

I

Qu'il est bon de sentir sur soi le doux vent printanier. Une brise légère dansant sur le plateau verdoyant, faisant onduler chaque brin au rythme de son souffle. Un rythme lent et frais. Un air qui vous caresse le corps, vous lèche les cheveux et finit par perler au coin de vos cils.

Qu'il est bon de sentir sur soi la chaleur du soleil. Ce premier rayon qui transperce le fin nuage passant. Ce rayon qui vient sécher l'eau divine qui a lavé le paysage. Puis juste avant qu'il ne devienne trop lourd, un nouveau coton s'interpose fugacement pour de nouveau laisser le soleil se dévoiler.

Qu'il est bon d'entendre le champ, la rivière, le retour des oiseaux. Le vent s'alliant au soleil pour nous murmurer des mots d'amour et de paix.

Cet immense plateau est régi par la sérénité. Cette musique douce me berce, soulevant mon poitrail en de grandes respirations, m'enveloppant dans un doux repos. N'est-ce pas là le but de chaque vie : Une paix en soi et à perte de vue. Se sentir là où l'on doit être sans aucune pensée parasite.

Comme j'aimerais vivre cela un jour. Il fut un temps où j'en étais à la fois proche et si loin. Je repense à ces moments de rêves, d'espoirs et d'ambitions au creux de ce paradis. Tous ces espoirs remuant comme la fine pluie du printemps.

— Aujourd'hui le soleil me brûle et le vent n'est plus. Cette image utopique je n'y crois plus. Mes pétales s'assèchent et ma peau se morcelle. Les grandes inspirations me brûlent les poumons et mon corps fin n'a plus la force de me porter mais je m'obstine. C'est si difficile.

Voilà les paroles qu'elle m'a un jour données.

Sur cette page laissez-moi vous narrer comment cette fleur a changé l'ours que je suis. Si petite et fragile mais pourtant si lourde dans mes bras.

Alors que le doux souffle de l'air s'insinuait dans ma fourrure, alors que je me roulais dans l'herbe et sautillait dans l'eau cristalline de la rivière, alors que je n'étais à l'écoute que du vent, je l'ai rencontré, la petite Marguerite.

Là au milieu de cette immense plaine se trouvaient quelques briques empilées, fantôme d'une petite chaumière d'antan. Les restes de murs laissaient deviner l'ancien emplacement de fenêtres rondes et d'une porte en bois. Du lierre avait recouvert en grande partie les ruines et de la mousse coulait dans les interstices restants. Je remarquai soudain la plus haute brique qui une fois debout m'arrivait tout au plus au torse. Cette pierre n'avait pas été solidifiée par le lierre et la mousse s'agglutinait juste à côté la poussant au fil des ans. Cette roche était sur le point de glisser. Peut-être que la prochaine pluie suffira à la faire tomber. Un jour chacune de ces briques serait recouverte ou s'effondrerait mais en cet instant seule celle-ci faisait face au précipice. Laissons la nature faire son travail me répétai-je mais au moment de me détourner, une voix à peine perceptible tendit mon oreille.

— Je vous en prie, de l'aide.

Je me retournais à nouveau et la vis perchée sur la dernière pierre. Une jeune et minuscule Marguerite. La vue de ce petit être remua tout mon corps. J'eus l'impression de la connaître depuis toujours. Face à ce sentiment indescriptible, je décidai de l'aider. Je me mis sur deux pattes et en tentant de minimiser mes gestes lourds et patauds, je bougeais la brique pour la stabiliser.

— Ne veux-tu pas que je te mette au sol ? Demandai-je.

— Non je peux voir la plaine d'ici.

Je lui promis alors de revenir la voir tous les jours. Notre lien deviendrait aussi solide que la roche.

Un jour d'été où le soleil tapait particulièrement fort, je revins la voir mais elle avait la tête basse. La chaleur était étouffante mais elle refusa encore que je baisse la brique. Ce fut à cet instant qu'une averse d'été éclata. Pas une averse, de la grêle. La première de la saison mais sans doute pas la dernière. La grêle des montagnes d'été. Cela la tuera. Je pris une décision.

Je décrochais, avec toute la délicatesse dont je pouvais faire preuve et malgré mes griffes, la fleur de sa brique.

— Si tu fais cela, me dit-elle, je ne pourrais plus repartir, je ne serais qu'un poids avec lequel tu devras vivre. Je ne veux pas te faire souffrir.

— Mais seras-tu aussi ma joie ?

Sans rien dire, elle acquiesça.

Je la gardais au creux de mes pattes la protégeant des grêlons.

L'été est une saison pleine de contrastes à la fois enivrante et écrasante.

La Marguerite avait pris racine à mes côtés. Elle s'était emmitouflée dans ma fourrure fraîche. Ses racines s'étaient ancrées autour de mon bras, elle faisait maintenant partie de moi et chacun de mes actes avait une influence sur elle.

Je l'avais ramené dans ma grotte dont la fraîcheur et l'ombre étaient une bénédiction pour elle et moi.

Certains de mes voisins étaient vite venus car tous voulaient voir la fameuse fleur d'ours.

J'étais d'abord si heureux mais je compris vite qu'une fleur n'est pas un ours.

Un matin où on me dit qu'une troupe de saumons était de passage, je voulus courir vers la rivière pour le festin mais je fis rapidement marche arrière à la pensée de Marguerite. Elle était trop frêle pour que je cours avec celle-ci et bien trop fine pour ne serait-ce que penser à la pêche. Je revins sur mon idée et restais au frais.

— J'ai… J'ai besoin de soleil mon Ours.

Quand elle le souhaitait je l'emmenais avec douceur quelques minutes dehors, je soufflais délicatement derrière ses feuilles pour que la chaleur ne soit pas trop éprouvante, souvent une petite abeille ou deux venaient pour butiner, j'avais d'abord eu peur de me faire piquer mais même si elles le faisaient ce n'était rien comparé à la vie difficile d'une fleur.

Un après-midi alors que je somnolais, c'est là qu'elle me dit ces mots de désespoir en s'endormant.

— Aujourd'hui le soleil me brûle et le vent n'est plus. Cette image utopique je n'y crois plus. Mes pétales s'assèchent et ma peau se morcelle. Les grandes inspirations me brûlent les poumons et mon corps fin n'a plus la force de me porter mais je m'obstine. C'est si difficile.

A toute vitesse, je récupérais quelques gouttes d'eau d'une flaque et allais m'abriter dans le refuge. Elle revint à elle mais si faible.

— Je suis désolé ! Pardonne-moi je n'ai pas fait attention au soleil, je t'en prie ne meurs pas, tu es mon trésor le plus précieux, ma Marguerite !

— Sans toi le soleil aurait déjà brûlé ma peau, tu n'as rien à te faire pardonner.

Après cet incident je raccourcissais mes nuits afin de ne pas l'abandonner.

Quand le temps commença à se rafraîchir Marguerite reprit de belles couleurs. Ses racines s'étaient fortifiées et m'enlaçaient du buste jusqu'aux oreilles. J'étais si heureux de la voir en meilleure forme.

Malgré ma faim, puisque je ne pêchais plus, et mes pattes engourdies de ne plus courir, la vision de cette délicate beauté dans ce terrier sombre ravivait ma joie. Alors que l'automne voyait mes camarades prendre des forces pour l'hiver je les regardai de loin, la faim au ventre. Mais chaque fois que je sortais pour faire prendre la Lumière à Marguerite, tous s'attroupaient autour de nous remuant, parlant, s'émerveillant. Ils allaient l'étouffe ! Alors je me roulais en boule autour d'elle pour qu'elle respire. J'ignorais leurs voix qui se transformaient au fur et à mesure en hurlements gras et répétitifs me brisant les tympans. J'aplatissais mes oreilles et le bruit devint sourd mais trop profond. Leurs voix résonnaient dans tout mon corps. Je fuis vers mon abri.

Le brouhaha s'était tu. Seule restait la vibration dans mes tempes. Non cette vibration venait d'ailleurs. Je tournai mon regard et découvris non pas une ou deux mais au moins cinq abeilles voletant autour de ma tête, là où les racines traçaient des sillons dans mes poils. Le sifflement fut gênant les premières heures puis je m'y habituais et n'y prêtais plus attention.

Chaque jour une nouvelle abeille rejoignait le petit groupe. Cette Marguerite dégageait un parfum de plus en plus fort qui attirait de plus en plus d'insectes.

Au bout d'un certain temps je ne les entendais plus. Mon ouïe s'étant adaptée à ce niveau sonore, je n'entendais plus non plus mes semblables. Et quand je sortais, rongé par la peur de blesser Marguerite, des tonnes d'abeilles s'acharnaient sur moi bourdonnant, volant, piquant pour essayer d'atteindre la plante.

— L'été était lourd, l'automne drainant mais l'hiver... l'hiver je n'y survivrai pas. Je ne suis qu'une fleur, le froid me tuera ! Ma place est sur la plaine pour faire face à mon destin.

— La plaine ? Ta place serait dans ce cimetière de plantes ? Non, tu survivras. Nous sommes liés, tu es ma responsabilité et je te chérirai toute ma vie, m'entends-tu ?

De toute façon, il était trop tard. Les racines avaient percé ma peau. Mon corps tout entier était devenu un mélange de tiges et d'écorce. Ma fourrure était maintenant constellée de plaques d'herbe à l'image d'un champ.

Tant qu'elle vivrait je vivrais et tant que je vivrais elle vivrait.

Les jours se raccourcirent et les premiers flocons tombèrent.

C'est à ce moment-là que j'ai commencé à m'oublier. Tous mes compagnons hibernaient après avoir renforcé leur corps et préparé leurs ressources. Quant à moi la fatigue m'engloutissait mais j'étais incapable de dormir ayant le devoir de la protéger.

Chaque jour, je grattais un peu plus le fond de la caverne pour m'éloigner du froid et des abeilles, m'éloigner de l'extérieur et garder Marguerite à l'abri du monde. Je grattais encore malgré mon manque de force jusqu'au jour où je râpais sur une autre texture.

— C'est fini, dit-elle simplement.

— Comment cela ?

— Nous sommes arrivés au fond de la grotte. Il n'y a plus que de la roche ici, c'est le bout.

Elle avait raison, mes griffes ne faisaient que s'écorcher sur la surface dure. Je me retournais et ne discernais même plus l'entrée de ce long tunnel que j'avais percé de mes pattes, pour elle.

J'en fus d'abord rassuré. Si l'entrée était si loin, alors personne ne pourrait plus la mettre en danger et le reste des abeilles ne viendrait pas jusque-là.

Par contre les bêtes volantes qui étaient parvenues à nous suivre ne cessaient de me piquer le crâne et de siffler près de mes oreilles, seul bruit assourdissant dans ce creux sombre. Je ne perdais pas espoir, plus longtemps nous resterions ici, plus les chances de les voir mourir les unes après les autres, par manque d'air et de soleil, seraient grandes.

Pourtant après de longues semaines dans cette obscurité humide, elles avaient doublé de taille et paraissaient plus redoutables qu'avant à force de se nourrir de nous. Un soir, à moins que ce fut le jour, je ne saurais le dire, Marguerite me réveilla d'un murmure.

— Regarde.

J'hésitais un instant, ne sachant plus quand mes paupières étaient ouvertes ou non tant l'obscurité était profonde, puis je levais mes yeux fatigués.

Sur les murs de la caverne se dessinaient, de façon progressive, de petits points lumineux. Ils emplissaient petit à petit le néant.

C'étaient des vers luisants et de minuscules lucioles ! Ils s'agglutinaient sur les parois. Dans ce noir, chaque bête brillante semblait imiter une étoile recréant ainsi un semblant de ciel. Les insectes se suivaient, traçant des sillons de lumière et des motifs comme des éclairs. Les lucioles et autres rayons volants eux voletaient à différents rythmes rappelant le reflet d'un ciel nocturne sur un lac ridé.

Marguerite et moi restâmes abasourdis face à cette merveille, même quand les bêtes venaient près de nous et montaient sur mes racines me chatouillant parfois. J'essayais de les compter mais elles changeaient sans cesse de place.

Je crus presque sentir un brin de chaleur quand plusieurs vers luisants se rassemblèrent près de Marguerite.

— Même au plus profond de l'hiver, au plus profond d'une caverne, au plus profond de l'obscurité, il y a des miettes de beauté pour nous ouvrir les yeux. Même ici, murmura-t-elle.

Ce spectacle était magnifique et je parvins même à me lever tant mon émerveillement était grand.

Mais mes lourdes pattes si faibles n'étaient plus capables de supporter mon poids. Enfin mon poids n'était pas le problème, je n'avais plus mangé depuis des mois, mais Marguerite, elle et ses racines et les écorces recouvrant ma peau pesaient bien trop lourd. Je trébuchai en arrière et me figeai.

Sous mes pattes le sol était froid et mou.

De la neige. Le sol était recouvert de neige. Comment était-ce possible ?

Je plissai les yeux vers l'autre bout du tunnel pour vérifier que l'entrée n'était toujours pas visible. Elle ne l'était pas mais des flocons venaient de cette direction. Dehors il devait faire si froid que l'hiver avait fini par s'insinuer jusqu'au fond du refuge. Je ne saurais dire combien de temps je restais assis à surveiller l'entrée en oubliant les parois phosphorescentes.

Alors que je m'apprêtais à retomber dans le sommeil, le bourdonnement et les piqûres auxquelles je m'étais habitué s'accentuèrent.

J'ouvrais les yeux et découvrais des bestioles jaunes rejoignant leurs camarades. Voilà qu'elles nous avaient retrouvé. L'hiver ne les tuait pas, l'hiver les amenait jusqu'à nous.

— Non non je ne peux pas en supporter plus encore !

— Alors partons, dit soudain Marguerite. Ne fixe plus l'entrée, tourne ton regard de l'autre côté.

— Face au mur ?

J'obéis malgré l'absurdité et me rendis compte de ce qui était pourtant déjà comme cela quand les lucioles étaient arrivées.

Il n'y avait plus de mur.

Le fond de la grotte nous n'y étions pas.

— Je… je ne comprends pas.

— Mon Ours, il faut avancer, j'ai besoin de soleil. Tu me protèges de l'hiver mais l'hiver nous a retrouvé tu vois. Il faut s'en éloigner et l'entrée est condamnée par la neige. Mais voilà qu'un nouveau chemin s'offre à nous !

— Je ne suis pas sûr. Peut-être vaut-il mieux repartir en arrière et creuser dans la neige. Non c'est impossible, c'est vrai nous mourrions avant d'avoir atteint l'autre côté. Je n'arrive plus à réfléchir avec tous ces bourdonnements autour de ma tête. C'est à cause de ces sales abeilles que je n'ai pas vu l'absence du mur, ma voix s'éleva, c'est à cause d'elles que ma vision est floue ! Les piqûres sont trop nombreuses, du sang me coule sur les yeux et leur poison me trouble. A chaque instant où je crois m'y faire elles se dédoublent sans jamais se calmer. Même au fond de cette cave coupée de tout, même dans ce néant le sifflement dans mes oreilles n'a jamais été aussi fort ! Je ne pense pas que j'arriverai à aller plus loin.

Les insectes phosphorescents que j'essayais encore et toujours de compter sans y parvenir, s'étaient déplacés se positionnant de façon à ce que les ombres des roches et des autres bêtes s'agrandissent sur les murs.

Au même moment, une brise glaciale provenant de l'extérieur s'engouffra dans la caverne avec une telle force que l'écho la transforma en hurlements.

Comme pour se moquer de nous, les ombres sur les murs se mouvaient au rythme de ces cris d'air, s'étalant jusqu'au plafond, s'étalant jusqu'à nous recouvrir complètement.

Confessions d'une fleur

Toutes mes forces m'abandonnèrent. Je me laissais tomber dans la neige froide.

— Je veux devenir sourd. Je veux qu'on écrase ma tête jusqu'au bout au lieu de simplement la presser un peu chaque instant. J'abandonne, c'est trop dur de résister à l'hiver. La nature est plus forte que tout et je n'appartiens pas à ce monde ! ce n'est pas ma place ! Ma place est avec des ours en train d'hiberner !

— Veux-tu que je meure ?

Mon cœur se serra. Tout mon corps me fit mal.

— Nous ne faisons qu'un. Tu n'es plus un ours tu as changé, ta fourrure n'est plus celle d'une bête. Elle est la mienne aussi maintenant. Si tu repars je ne survivrai pas seule. Tu m'as fait une promesse. Mais je t'aime de tout mon cœur, tu le sais n'est-ce pas ?

Je restais interdit.

— Je ne veux pas te voir souffrir pour moi, si tu veux repartir en arrière, je ne te retiendrais pas. Mais tu dois accepter que tu ne sois plus le même.

Pendant ces quelques secondes où elle avait dit ces mots, pendant cet infime moment j'en oubliais les abeilles, les ombres, les cris. Il n'y avait qu'elle.

Je rassemblai alors toutes les parcelles d'énergie qu'il me restait et les insufflai dans mes pattes de bois. Puis avec toute la peine du monde, je me relevais.

Elle était mon précieux cœur et jamais je ne la laisserais mourir.

Mes jambes n'avaient jamais été aussi tremblantes et ma respiration était lourde et hachée, amenant de l'air glacé dans mes poumons. La douleur s'insinuait en moi à la vitesse du feu. Mes pupilles dansaient d'une luciole à l'autre et le poison des abeilles pesait lourd sur mon crâne.

— Une luciole, deux lucioles, …

Je fixais mon esprit sur les lumières et avec lenteur j'avançais une patte puis l'autre et ainsi je m'engouffrais encore plus profond dans les ténèbres.

II

Nous suivions le chemin. Nous n'avions aucune idée d'où cela nous menait et il était très difficile d'avancer sans savoir si nous en sortirions un jour. Je comptais et recomptais les lucioles à mesure que nous avancions. C'était la seule chose, avec la voix de ma fleur, qui me maintenait conscient. Je comptais encore et encore.

— Deux mille huit cent cinquante-quatre, deux mille huit cent cinquante-cinq, deux mille huit cent cinquante-six, Deux mille huit cent cinquante-sept, deux mille huit cent cinquante-huit, elles sont presque aussi jolies que toi ces lumières, Marguerite.

— Comme tu es doux et gentil mon Ours.

Plus d'une fois j'eus l'envie de m'arrêter. A quoi bon s'il n'y a jamais de sortie, à quoi bon insister, à quoi bon souffrir alors que nous pourrions juste vivre là sous les étoiles d'insectes, dans la neige et nous laisser emporter par les rêves d'un printemps chaud et doux.

Pourtant Marguerite était là, calme et belle mais surtout faible et en la regardant je retrouvais l'espoir pour elle et me remettais en route en comptant. Qu'est-ce que j'aimais les compter.

Le sol mélangé à la neige était devenu boueux et marcher était de plus en plus fatiguant. Chaque pas semblait prendre des heures ou même des jours à faire. La boue s'accrochait à mes poils et s'incrustait dans mes écorces. Mes jambes et mes bras frêles ne s'y adaptaient pas.

Au moins nous avancions. Suivant les tracés d'étincelles au-dessus de nous et marchant dans la neige boueuse, je n'arrivais plus à discerner si nous étions toujours à l'intérieur. A de nombreuses reprises je m'alarmais et je me mettais à accélérer croyant que nous étions enfin sortis avant de réaliser que les lucioles s'étaient juste un peu déplacées dans le tunnel. Je me mis en tête pour garder ma motivation que nous étions bel et bien dehors. De toute façon mon cerveau n'était plus en état de lutter contre mes fantaisies.

Après des mois à moins que ce ne fut que quelques heures, le pire arriva.

Les lucioles, les vers luisants et toutes les petites sources de lumière et de chaleur se mirent à scintiller puis à grésiller avant de s'amenuiser jusqu'à n'être plus.

L'air gelé qui engourdissait mes poumons se mit à entrer et sortir plus vite. Mon cœur était si serré que je crus être en train de mourir.

Peut-être l'étais-je ? Peut-être le suis-je toujours ?

Le noir, le néant et si c'était cela la mort ? Et s'il n'y avait pas d'après et si j'étais déjà mort il y a des mois. Et si je n'étais plus dans mon corps depuis longtemps.

Confessions d'une fleur

Non.

Marguerite me parlait, j'étais vivant. Mais là, était-ce le cas ?

Les insectes ne peuvent pas disparaître comme ça.

— Marguerite ? Marguerite m'entends-tu ? Suis-je mort ? T'ai-je abandonné ? Marguerite ?

Aucune réponse.

La seule chose qui me convainquit de ma vie fut le bruit terrible des abeilles et la sensation de douleur. Si j'étais mort, me répétais-je, je n'entendrais et ne sentirais plus rien du tout.

— Marguerite je t'en supplie parle-moi !

Rien.

Que faire ? Que faire ? Tant que je ne bougeais pas mes pattes s'enfonçaient dans la boue. Si je ne faisais rien j'allais être engloutie. Mais peut-être qu'ainsi les abeilles me laisseraient... Peut-être devrais-je me laisser engloutir. Si Marguerite n'est plus là, je n'ai plus aucune raison de continuer. Je peux enfin arrêter.

Non, elle est en vie ! Tant que j'avance, tant que je vis, elle vit aussi.

— C'est toi qui l'as dit ma Fleur ! Tu as dit que nous n'étions qu'un. Si mon corps est fait de tes racines et que je sens toujours la vie affluer en elles, alors tu es là ! Réponds-moi !

La réponse que j'eus ne fut pas celle que j'attendais.

Un tintement se fit entendre. Un bruit de clochette très lointain.

Un bruit qui recouvra tous les autres. Il recouvra le bourdonnement, il recouvra les hurlements du vent. Il recouvra l'obscurité. Recouvrait-il aussi la voix de ma fleur ?

L'écho de ce son emplit le tunnel tel un tambour. Tous mes sens étaient en alerte. Figé, je n'avais aucune idée de ce que je devais faire et mes yeux aveugles s'agitaient en tous sens dans l'espoir d'apercevoir une lumière.

Rien.

Ni vision, ni la voix de Marguerite.

Seul le battement de mon propre cœur et le sang circulant dans mes veines avant de s'insinuer dans les racines et les feuilles de mon corps.

Nous ne faisions qu'un.

Un nouveau tintement. Comme si une petite cloche sonnait trois fois.

— Un, deux, trois. J'attendais.

Après un instant plus court, elle retentit de nouveau.

— quatre, cinq, six.

Puis encore toujours plus rapproché.

Je me décidais enfin. Je concentrai toute mon énergie dans mes pattes et, avec trop de peine, les extirpai de la boue froide. Une douleur les traversa. Elles avaient déjà commencé à s'enraciner dans le sol et je dus tirer avec une force que je n'avais plus afin de briser ses liens.

Je fis un pas. Puis un autre et encore un autre. Plus je restais longtemps au même endroit, plus vite s'ancraient mes racines. Mais je devais avancer, pour elle. Encore un, un autre, encore, jusqu'à ce que je puisse courir.

Courir dans le noir sur ce sol de neige vaseuse était peut-être ce que je ferais de plus dur dans toute ma vie. Ça et une autre chose.

Je m'arrêtais juste à temps pour ne pas me fracasser le museau sur la fine paroi d'un mur. Je ne voyais rien mais je sentais le sol changé. J'étais essoufflé mais je ne voulais pas m'arrêter après tous ces efforts.

— Trente-six, trente-sept, trente-huit.

Le grelot tintait toujours. De plus en plus fort même.

Je tâtais l'environnement et parvint à me faire une idée du décor.

Une fourche. J'étais devant une fourche, deux tunnels allant dans deux directions. Lequel devrais-je suivre ?

— Marguerite ? Marguerite ? Si tu m'entends, fais-moi un signe s'il te plaît. Aide-moi à choisir quel côté suivre. Marguerite ?

Seule une brise de vent vint couvrir mes oreilles.

Du vent ! Du vent qui venait de devant et non pas derrière !

— Nous sommes proches d'une sortie !

Le vent venait du chemin de gauche, la sortie était proche !

Je m'apprêtais à avancer quand de nouveau...

— Trente-neuf, quarante, quarante et un. Le carillon, lui, venait de la droite.

J'étais paralysé. Le doute s'insinua en moi comme le froid.

La brise menait avec certitude vers l'extérieur. Mais quel extérieur ?

La clochette était chaude et enveloppait tous les hurlements et les bourdonnements des bestioles qui me martelaient le crâne.

— Le plus sûr est d'aller vers une sortie, j'aviserai la suite plus tard, il n'y a aucune raison logique de ne pas sortir. Je me dirigeais vers la gauche. Alors le carillon ne recouvra plus toutes les nuisances sonores. Ce fût comme un coup de masse sur mon dos. J'amputai mon mouvement aussitôt et reculai.

La cloche tinta encore.

— Quarante-deux, quarante-trois, quarante-quatre.

Je repensais aux lucioles, à toutes ces étoiles fictives qui vivaient en paix dans ces ténèbres, qui amenaient de la beauté là où il n'y avait que désespoir. Comme Marguerite.

— Quarante-cinq, quarante-six, quarante-sept. Elle aurait su prendre cette décision comme elle le faisait toujours.

— Quarante-huit, quarante-neuf, cinquante.

Tandis que je restais là sans savoir quoi faire, tout mon corps glissait avec lenteur dans la vase glacée de la neige. Les poils d'herbe, l'écorce sur mes genoux, les racines s'ancraient au fond de la terre et m'attiraient avec elles. Je serais bientôt englouti.

Je ne savais pas si Marguerite était vivante et avec moi, je ne savais pas quel chemin prendre, j'étais aveugle à tout et voilà que j'allais plonger sous terre à tout jamais. Si mon cœur s'était arrêté là, tout de suite, j'aurais pensé que c'était pour le mieux. A quoi bon s'obstiner si celle pour laquelle je fais ça, est déjà morte. Si je n'ai plus aucun but, plus personne à protéger à quoi puis-je servir.

Le dernier brin d'herbe au bout de mon oreille disparut sous le sol.

J'étais comme dans un cocon et je me sentais, pour la première fois, léger, vraiment très léger. Le souvenir de ma mère m'apparut, la sensation de son ventre, juste avant de venir au monde.

J'abandonnais. Je laissais mon corps recroquevillé s'enfoncer sous le sol laissant tous mes fardeaux à la surface. Qu'il serait bon de ne plus penser.

Plus un cri, plus un bourdonnement, plus de piqûres, plus de douleur, plus de fatigue, plus d'effort à fournir. Mais ici il faisait froid et plus noir encore que dans la caverne. Un froid qui s'agrippa à ma fourrure et commença à geler l'écorce et les feuilles de ma peau.

Voilà la deuxième chose la plus difficile que j'ai vécu : Avancer sans certitude de prendre le bon chemin ou rester là sans savoir si la seule que j'aimais était ici ou déjà loin.

Je me rendis compte avec ironie qu'à hésiter sur quoi choisir j'avais créé une nouvelle possibilité. Avec cette idée, ridicule et clichée digne de ma Marguerite plus que de moi, je me laissais envelopper par le froid et la vase. Soudain mon cœur fit un bond.

— Un, deux, trois !

Le son de la clochette avait résonné même ici. J'avais perdu le compte alors je recommençais. Jusqu'à combien pourrais-je aller avant de ne plus y arriver ?

— Quatre, cinq, six.

Le froid ralentit. Et j'attendais, j'attendais avec... impatience ?

Je me surpris à vouloir compter.

— ah ! Sept, huit, neuf !

A chaque chiffre j'entendais ce son et puisque je ne voyais rien alors j'imaginais les lumières.

— Dix, onze, douze.

Douze vers luisants par ici.

— Treize, quatorze, quinze.

Et de quinze lucioles maintenant !

Sans m'en rendre tout à fait compte, je remuais mes membres à chaque nouveau tintement et nouvelle lumière que je me créais.

— Seize, dix-sept, dix-huit.

Et je remontais. Je voulais savoir. D'où venait donc ce son ?

— Dix-neuf, vingt, vingt et un !

J'émergeai. Aussitôt ma tête sortie du sol, les sensations revinrent. Des sensations à l'opposé d'agréable. Mais cela m'importait peu. La curiosité m'envahissait, je le sentais.

Je courus. Je courus vers la droite. Vers le doux son. Abandonnant peut-être mon unique chance de quitter cet enfer.

Je courus de toutes mes forces. Et alors que je suivais le bruit, les lucioles s'éveillèrent. Je retrouvais la vue de la plus belle des façons.

Tout en moi me hurlait d'arrêter tant la douleur résonnait de mon crâne à mes griffes. Mais je voulais les voir, les entendre.

Je courais jusqu'à ce que tous les insectes émettent leur lumière. Il ne restait plus qu'à découvrir la clochette.

Cela me fit sourire d'excitation. Pour la première fois depuis le début de l'hiver.

Soudain la perplexité me prit. Le sol. Il n'était ni froid ni gluant.

Et l'air affluait dans mes poumons sans limite. De l'air tiède et agréable.

Je levais de nouveau le museau.

Ce n'était pas des insectes au-dessus de moi. C'était le ciel !

Le véritable ciel étoilé. J'étais dehors. Il faisait nuit mais soudain une lumière pâle et rosée enroba le monde.

Avec délicatesse, le soleil sortit de sa tanière lui aussi. Le bruit de petite cloche s'amplifia.

C'était la brise printanière qui soufflait dans un champ de clochettes. Les fleurs, tenant leur nom de ce bruit qu'elles produisaient, chantaient sous le soleil levant. Elles chantaient face au printemps revenu.

Je restais assis dans la prairie à boire ce soleil et cet instant.

Les abeilles ne me piquaient plus, elles s'éparpillaient dans le champ pour butiner librement.

Quelques-unes revenaient de temps à autre butiner sur mon crâne mais il me suffisait de les nourrir pour qu'elles se calment.

Au loin, je discernai soudain des formes marrons et pâteuses. Les formes se rapprochaient dans des mouvements lourds et lents a l'exception de quelques petites taches qui sautillaient aisément. Les ours !

Ma famille et tous mes amis sortant de leur hibernation !

Ils me firent de grands signes et je les leur rendais. Que j'étais heureux de les retrouver enfin. Ce n'était pas leur faute s'ils étaient devenus étouffants, j'avais si peur à ce moment je ne voulais blesser personne. Leurs sourires et leurs grondements de joie me réchauffaient le ventre. Je savourais le monde. Je savourais la chaleur de ce doux soleil sur ma peau, l'air frais me chatouillant le visage, le merveilleux parfum des fleurs emplissant mes narines et le doux bruit de la nature.

Ma paix, je l'avais enfin trouvée.

L'hiver ne disparaîtrait pas. Le froid reviendra bien sûr pour continuer le cycle mais cette fois j'aurai les clochettes et les étoiles à compter.

Cette fois, j'aurai ma fleur.

— Marguerite !

Je sursautais. Ma fleur ! je l'avais presque oubliée. Où était-elle ?

Je m'agitai en tous sens pour la chercher dans mes branchages mais ne trouvai qu'un pétale posé sur mon cœur.

Journal de Marguerite O.
Ou « Comment j'ai visité le ciel ».

Confessions d'une fleur

LE CHAPEAU TRIANGLE QUI VOULAIT ÊTRE CARRÉ POUR VOIR LES VERGERS FLEURIS

Virgile Fondanaiche

L'Histoire, celle d'Ebuc, celle avec une jolie lettrine, tient beaucoup du pamplemousse.

Elle tire son acidité de ses histoires, sans lettrine, des grosses et moins grosses.

Certaines sombres d'autres moins. Et certaines plus amères.

Celle-ci parle d'une femme. Une femme qui avait bravé l'interdit majeur. Sans peur lui resserrant le cœur. L'esprit droit dans ses bottes et la boussole morale lui indiquant plein nord. Et elle l'avait fait au nez et à la barbe des six faces du monde.

Oui six.

Oui nous devrions sans doute prendre un peu de perspective pour rendre tout ça digeste.

Jusqu'où reprendre.

Jamais facile à déterminer. Trop loin on perd le fil, trop près on manque de matière.

Viser juste est de mise.

Bienheureux sont les hommes d'avoir de belles frises démarrant sur un beau zéro bien net pour se repérer.

Reprenons donc à zéro, cela semble à propos.

Le monde tel que nous le connaissons a, du moins à partir de zéro, toujours été ainsi.

Avant il était différent mais pour le bien de tout le monde on s'est mis d'accord pour faire comme si ça n'avait pas été le cas.

Et puis était-ce si différent ? Avant le grand Géomètre.

Je devrais sans doute parler un peu de lui pour expliquer où nous en sommes arrivés.

Pour ça il faut reprendre avant lui. Revenons donc avant l'an zéro.

Ebuc, notre belle planète cubique vivait selon de ridicules règles.

Chaque habitant avait un chapeau, soit de forme nulle, soit de forme étoilée. Ridicule me direz-vous, et Dieu sait que vous auriez raison !

La répartition des chapeaux se faisait de manière aléatoire. Certes certaines similarités occasionnaient, on remarque une tendance qui amenait tous les riches sans exception à orner un chapeau étoilé. Les bien nés également, les puissants et leurs descendances avaient eu aussi ce chapeau. Tout ceci était très aléatoire mais on remarqua sans trop chercher que les chapeaux nuls étaient réservés aux classes inférieures et de manière générale à tous ceux qui n'étaient pas comme les chapeaux étoilés précédemment énumérés.

Le monde à cette époque n'avait aucun sens, mais tout ceci changea avec l'arrivée du Géomètre. C'était un jeune porteur de chapeau nul qui se fit connaître pour oser lever la voix et prêcher un monde différent. De nombreux relayèrent sa parole jugée prophétique. On grava sur de gros galets ses punchlines.

L'une d'entre elle résonne encore dans le cœur des hommes d'Ebuc, celle qui lui donna sa renommée et déclencha l'Histoire "On est tous différent bordel de merde !".

Il lança une véritable révolution, la fin du tandem chapeauté arrivait à grand pas. Selon lui nous devions tous avoir des chapeaux différents, ceux que l'on souhaitait.

Et le monde le suivit, surtout les chapeaux nuls, je crois que les chapeaux étoilés n'étaient pas très emballés par l'idée au départ.

Les Gros Galets firent bientôt le tour du monde. Et de nos jours encore ils y sont vénérés à ses huit coins.

Certains de ses psaumes furent légèrement modifiés au fil du temps, évidement une société évolue.

"Ebuc voit une infinité de formes de chapeaux" devint rapidement "Ebuc voit beaucoup de formes de chapeaux" puis finalement de nos jours "Ebuc voit six formes de chapeaux".

"Tu aideras tous les autres chapeaux", d'après les dires, aurait été ébréché lors d'une malencontreuse glissade dans les escaliers, devenant ainsi "Tu*es* ~~aideras~~ tous les autres chapeaux", créant de nombreuses confusions et quantités de guerres entre chapeaux.

Quelques commandements furent rajoutés en bas de page de Gros Galet pour homogénéiser tout ça.

"Tu ne quitteras pas la face attribuée à ton chapeau", "Tu ne retireras sous aucun prétexte ton chapeau", "Tu mangeras des brocolis le lundi" Cette dernière n'avait jamais vraiment fait sens mais bon c'était sur le Gros Galet.

Enfin bref notre monde était enfin devenu civilisé et les problèmes soulevés par le grand Géomètre avaient été réglés !

Chaque face était restreinte à sa forme de chapeau.

La face du bas aux chapeaux ronds, la face droite côté gauche aux chapeaux triangles, la face gauche côté droit aux chapeaux oblongs, la face gauche côté gauche aux chapeaux en forme de sablier, la face droite côté droit aux chapeaux parallélépipèdes rectangles et enfin la belle face exposée au doux soleil et abritant les plus beaux vergers d'Ebuc en fleur aux chapeaux Carrés.

Chapeaux carrés qui avaient d'ailleurs tendance à être assez souvent descendants de chapeaux étoilés. Mais bienheureux nous étions désormais loin des discriminations de l'ancien temps à la paire chapeauté.

La société avait été forgée ainsi à la suite des actes de rébellions au nom du Géomètre.

Un sage chapeau étoilé avait choisi de l'écouter et d'appliquer à la lettre ses demandes !

Le grand Géomètre, paix à son âme, mourrait dans la nuit qui suivit l'abrogation de ces lois.

Ses derniers mots selon ses proches furent "Maais bande de cons vous n'avez rien comp…!" proféré lors d'un râle d'agonie.

La maladie l'avait emporté des suites d'un malheureux hachoir sans doute mal stérilisé bêtement planté à travers sa jugulaire.

Tout ceci nous amenait à aujourd'hui, qui n'empruntait à demain que l'apparence d'hier.

…

Un vent frais soufflait sur la face gauche droite d'Ebuc, les champs blonds de blé faisaient non de la tête au passage d'un long convoi.

Une bande large comme quatre hommes, avait épilé les récoltes de blé annuelles. La longue cohorte de soldats aux chapeaux carrés marchait d'un pas saccadé.

De grands pavillons carrés dansaient au-dessus d'elle. L'odeur de sueur et de métal visitait les narines bouchées des marcheurs.

Cela faisait des jours qu'ils marchaient le long de cette face, en direction de leur but divin.

Aurore marquait la cadence de sa file. Le regard déterminé et le menton avenant.

Elle pouvait désormais l'apercevoir. L'arête droite gauche, la divine séparation de l'ennemi de toujours, enfin un des cinq ennemis de toujours. Voir plus haut pour la définition de "de toujours".

Les affreux chapeaux en sablier. Elle ne savait plus vraiment pourquoi on les haïssait depuis ces siècles de guerre, mais il devait bien y avoir une raison.

Oui en y réfléchissant bien il y avait l'incident du saccage des terres Pythagoriciennes, il y a quelques mois. Acte vengeur de massacre perpétré l'année dernière aux fermes du Tempkicoule. Lui-même très justifié par l'atroce assassinat du duc Isocèlus advenu en riposte aux empoisonnements des fils aînés de dame Clepsydre en 1325. Ah ceux-là ils ne les avaient pas volés, se murmura Aurore.

Elle était toute jeune à l'époque mais se souvenait bien des événements, son père les lui contait. C'était une vengeance pour l'hérésie survenue quatre ans plus tôt rétorquant au tabassage de la troupe Siminute-Mollet.

Ou était-ce l'égorgement du très Saint Bermuda ? Elle ne savait plus très bien. Enfin tout ceci remontait à des années et était très justifié.

Aurore huma l'air de ses narines bouchées. Le climat était très froid sur cette face d'Ebuc expliquant les régulières rhinopharyngites parmi ses habitants. Elle aimait cet air, cet air d'union, tous ensemble, aller casser la gueule aux autres.

Son père lui disait toujours "mieux vaut eux que nous !" lorsqu'il parlait des croisades instillées par la belle et juste face du dessus.

Elle se sentit forte entourée des grands soldats du dessus, ils œuvraient directement pour le Grand Géomètre. Bien sûr à Ses yeux tous les hommes avaient la même valeur, mais bon ceux du dessus sont tout de même un peu mieux. Tout le monde le savait ça, ils avaient la clémence et les faveurs du Tout Grand. Tout le monde le disait en tout cas.

Son beau chapeau carré la rendit toute fière d'elle. Elle aurait pu verser une larme.

En quelques heures de marche, ils finirent par passer l'arête.

Il n'y avait pas vraiment de cible, les voix du seigneur n'étant pas faciles à lire, l'ordre de mission était de taper dans le tas pour être à peu près sûr de lui plaire.

Les premiers villages furent assez peu éprouvants, presque que des villageois défendant tant bien que mal leurs maigres richesses et progénitures du bout de fourches de bois.

Le chapeau triangle qui voulait être carré pour voir les vergers fleuris

Le forfait all inclusive avait été sélectionné, meurtres, vols, pendaisons, viols, incendies, rat mort dans le puits et hop on passait au suivant.

Le grand Chapelier affrétait une fois par an ces cohortes ne répondant qu'au Grand Géomètre, au plus offrant des états dirigeant leur face.

Et divinement ils venaient déchaîner un courroux vengeur sur un voisin, ramenant par la même occasion un beau butin de guerre à l'heureux élu.

Les cinq autres faces d'Ebuc ont toujours eu du mal à se fournir une armée pour se défendre. Elles coûtent monts et merveilles et entre les taxes, les récoltes difficiles dues au climat et la non-faveur du Grand Tout, il était tout bonnement impossible de s'en procurer une.

Heureusement que la face du dessus dans sa grande piété offrait la sienne pour ces croisades.

Il était de notoriété publique que les chapeaux carrés étaient très travailleurs et pieux, leur permettant une économie si florissante.

Ces belles journées prirent un tournant bien sombre lorsque le terrible défenseur fit preuve de malhonnêteté et surprit la divine cohorte en pleine nuit, couteaux et faux bien aiguisés.

Une longue et horrible bataille s'ensuivit et bientôt la cohorte fut réduite à une cinquantaine de guerriers assiégés dans un vieux château en ruines.

La vieille bâtisse de pierres grises était encerclée par des chapeaux en sablier aux lames affûtées autant que le cœur rongé de vengeance. La nuit retomba après cette journée de bataille et des feux de camp s'allumèrent dans un périmètre d'une centaine de mètres autour du siège.

Les soldats atterrés dans le château sombraient dans la panique. Certains avaient perdu leurs armes et ne s'en souciaient plus, certains autres juraient alors que d'autres priaient.

Un soldat abîmé par le temps pleurait de ne pas revoir ses enfants. Un autre implorait par la meurtrière d'une tour endommagée un cessez le feu. Aurore elle ne flanchait pas. Assise contre un muret elle aiguisait son épée d'un geste précis et régulier. Elle n'avait aucun galon ni de fait d'armes contrairement à ses alliés mais elle avait une foi inébranlable.

Des heures passèrent au vu de la réduction de la taille du silex qu'Aurore frottait contre sa lame étincelante.

Un soldat s'était pendu et deux autres essayaient de le décrocher. Le gros des troupes s'était rassemblé autour d'un piètre feu à quelques pas de la jeune femme impassible.

Les insultes crachées par la peur fusaient. Les premières lueurs de l'aube taquinaient les ouvertures de l'enceinte. Et la terreur gagnait un peu plus le cœur des rescapés en même temps.

— ...on n'peut pas s'enfuir !! Ils vont nous égorger ! Nous sommes cernés de part en part !! Criait l'un d'entre eux.

— Si l'on reste on est mort pareil ! On va..

— Mais c'est leur plan à ces canailles !! Ils vont… ils vont… nous… nous assoiffer, nous faire mourir de faim !! C'est… gémissait un aîné.

— Je n'bougerai pas d'ici ! rétorqua un autre.

— Avec un tunnel peut-être ?! essaya un gringalet

— Un tunnel ! et puis quoi encore ?

— Taisez-vous !

La salle fit silence. Aurore se leva.

— N'avez-vous donc plus la foi ? demanda-t-elle calmement.

Elle fit quelques pas en leur direction.

Sa carrure athlétique se dessina de contours flamboyants de l'âtre. Son armure rutilante, brillante comme un soleil, devint plus dorée que l'or à mesure qu'elle approchait.

Elle rehaussait son chapeau carré d'une main religieuse.

Certains auraient juré apercevoir une aura scintillant autour de sa tête angélique. De courts cheveux blonds encadraient son visage impassible. Ses lèvres s'entrouvrirent.

— Ainsi donc nous voici testés… L'heure n'est pas au désarroi. Car nous les enfants du Grand Tout, avons choisi notre chapeau. En ce jour béni par la chapeauté. En ce jour, l'hérésie tremble. Car le chapeau guidera la lame au cœur de l'ennemi. L'heure n'attendait que nous... Ainsi donc nous réussirons.

Elle brandit sa lame avec un son cristallin.

Les blancs des yeux se jugèrent pendant quelques secondes. On marmonna, puis un bruit de métal interrompit les hésitations, bientôt suivis des échos de toutes les épées entourant le feu.

— A bas les impurs !! s'écria un garde le regard avide de sang.

— A mort !!" renchérit une garde dissimulée dans les ombres de l'aube. La salle renchérit et en quelques instants même les attaquants hors de l'enceinte entendirent les cris de rétribution crachés à pleins poumons.

Les premières lumières caressaient à peine les vallonnements du bois entourant le château que les troupes en mission divine chargèrent.

Un déferlement de violence, mais très religieux, s'ensuivit.

Les têtes volèrent, le sang gicla, les cris de souffrances éclatèrent, les artères se vidèrent, les membres se mélangèrent, les visages rouges se morcelèrent, les râles d'agonies percèrent, les scalps glissèrent, les bouts de chairs tombèrent, les yeux, de grenat, se noyèrent, les peaux, les métaux transpercèrent et les entrailles se répandirent.

La victoire du château gris à l'aube jaune fut glorieuse. Elle aurait été contée dans toutes les chaumières d'Ebuc, chacun y aurait été de sa petite modification pour faire mousser sa face du monde. Mais l'histoire ne s'est pas tout à fait écrit ainsi.

Alors que les derniers corps hérétiques se voyaient divorcés de leurs tristes cous.

Aurore, au centre d'un champ de cadavres, tenait bon au vent, l'épée victorieuse levée vers les cieux.

Elle qui s'attendait à une acclamation de ses désormais pairs, se retrouva confuse sous leurs regards horrifiés.

Certains se mirent à crier, certains même à pleurer en la montrant d'un doigt honteux.

Son cœur s'emballa. Elle toucha son chapeau, et la peur se lut dans ses yeux.

Inéluctablement, l'origami s'éteignait, comme à minuit sonné le charme s'effaçait. La vélocité des combats eut raison du délicat pliage et le couvre-chef redevint ce qu'il avait été.

La tromperie affichée au grand jour.

Le chapeau carré redevint triangle, sous les doigts impuissants de la menteuse.

...

C'était un jour gris à Thalèsie. Les oiseaux chantaient mal et des nuages menaçants menaçaient les terres arides. Cela faisait des mois qu'il n'avait pas plu malgré un ciel au bord de la dépression.

Une foule de chapeaux triangles intrigués emplissait les rues mal pavées s'échappant des rives de la Scalène. La grand' place était noire de monde.

Un immense échafaud avait été apprêté devant la chapelle du petit Chapelier de la ville. Une délégation de chapeaux Carrés enveloppait le pourtour de l'installation.

Des trompettes pas très triomphantes essayèrent de retentir et les chapeaux carrés se mirent au garde à vous. On traça dans la foule à grand cou d'hallebarde un chemin pour un palanquin reluisant de dorures. Deux costauds porteurs au chapeau carré le supportaient sur leurs épaules.

Garé en épis prêt des planches d'escalier montant à l'échafaud, un petit bonhomme rond en sortit acclamé par la foule. Un chapeau carré d'or sur crâne de peau suffit à faire prosterner la première ligne de chapeaux triangles.

Le Grand Chapelier, on dit de lui qu'il était en liaison directe avec le Grand Géomètre. C'est de lui que répondit toute la Chapellerie carré de la belle et douce face du dessus. Et les cinq autres faces montraient de manière générale une servitude aux chapeaux carrés.

Disons qu'il avait pouvoir sur beaucoup de monde à Ebuc, à peu près tout le monde.

Sur un pied d'égalité bien sûr comme l'avait dit le Grand Géomètre. Tout est une question de pointure. Tout le monde ne chausse pas pareil, cela va sans dire. Ce serait la fin des cordonniers.

Le vieil homme partait sur ses cent trente-cinq ans. Toujours l'esprit jeune et rebelle assurait son affiche de presse. Il fut porté sur chaque marche et atteint l'objet de la réunion citoyenne.

A quelques pas du Grand Chapelier un immense bûcher était dressé.

A ses pieds, Aurore. A moitié nue, la peau rougeoyante d'un interrogatoire dans les règles.

Le visage toujours impassible, elle fixait le ciel.

Trois mois avaient passé depuis la "Victoire du château gris à l'aube jaune".

Toute cette histoire avait secoué la Chapellerie comme une meringue montée à la petite cuillère.

On avait d'abord bien entendu enfermé et torturé l'hystérique, puis après de nombreux passages à tabac lui fait avouer publiquement qu'elle avait trahi le Grand Géomètre en changeant la forme de son chapeau.

Ce qui l'avait fait connaître sous le terrible alias de "La Plieuse", inspirant le dégoût dans les chaumières de tout Ebuc.

Oser sortir de sa condition et se travestir de la sorte ne pouvait rester impuni. Pire que l'hérésie, il n'y avait pas.

Cependant elle avait tout de même offert la victoire. Et le peuple triangle avait en leur sein une héroïne qui, même si elle ne les avait pas portés, représentait leurs couleurs.

Une révolte n'était pas forcément bonne à prendre.

La Plieuse avait ébréché la belle coquille de la Chapellerie. Avec une simple question : et si changer de chapeau faisait de moi un héros ?

Non on préféra taire cette histoire et ne pas en faire grand cas.

Mais ça c'était jusqu'à il y a une semaine.

Lorsque la Plieuse, replia.

Et nous voici ainsi aujourd'hui. Tout Thalèsie réuni pour voir l'émergence d'une idée de changement prendre feu d'un grand coup d'allumette.

Les dernières paroles d'Aurore furent perdues dans la cohue et le crépitement des flammes.

Selon beaucoup du premier rang, elle aurait dit que "Gazrrhg… gghr… l'on n'est pas… notre chapeau… Arrh…"

L'histoire retint la phrase "Gloire à Long nez sans chapeau". Qui selon les experts, confirmerait l'hypothèse de l'hérésie avec cette image du Mal prenant possession de son esprit. Cette interprétation tendait à être la plus populaire car considérée comme la plus sûre car écrite dans le Grand Livre De Tout par la Chapeauté elle-même.

Partant brutalement après le spectacle, la troupe de chapeau carré renversa l'estrade qui propagea le feu et causa l'incendie le plus dévastateur de la face triangle depuis huit siècles, après le terrible incident de la raclette pour seize dans les huttes de paille, encore conté de nos jours.

On avait voulu éteindre une lueur de différence. On avait allumé un brasier.

On raconte que des jours durant les flammes rongèrent la ville. Même quand le feu cessa, les braises tenaces mordaient les bois comme la pierre.

On avait voulu couper la mèche rebelle.

On avait embrasé un étendard de flammes qui scintillait de colère aux huit coins du monde.

La Plieuse avait peut-être péri. Peut-être pour ses propres raisons. Mais bientôt, chacun put y mettre sa propre raison, car eux aussi voulaient voir les vergers en fleurs de la belle face du dessus.

On avait tenté d'étouffer un peuple.

On avait gonflé les poumons de tous les peuples d'un vent de rébellion qui n'était pas près de s'essouffler.

Les chapeaux sabliers qui n'avaient pas eu de récoltes fructueuses depuis huit tours de cube se demandèrent aussi. Et si nous, telle la Plieuse, nous changions de chapeau et prenions ce qui nous était dû.

Oui, qu'est ce qui les en empêchait ?

Les enfants mourraient de famine avant même d'atteindre la puberté. Les maigres moissons restant avant les grands froids, tueurs des aînés, partaient dans les taxes de fin d'année aux chapeaux Carrés.

Eux aussi voulaient cueillir les fruits frais des vergers en fleurs. Eux aussi voulaient les rivières de saumons. Le soleil doux et la brise fraîche, pourquoi ne pourraient-ils pas en jouir. Ils voulaient être capables de se défendre, capables d'être indépendants.

Des actes révolutionnaires émergèrent un peu partout autour du cube. Les chapeaux en forme de sablier furent les premiers mais rapidement les ronds, oblongs et parallélépipèdes rectangles suivirent. Chacun avec ses raisons, mais tous avec la même chose à l'esprit. Si la Plieuse l'avait fait, pourquoi pas eux.

L'exemple d'impureté et de malice qu'avait voulu en faire la Chapellerie se transforma en symbole d'une révolution mondiale.

Et rien ne semblait pouvoir calmer l'ardeur des plieurs.

...

C'est de manière très clichée que les petits oisillons dans leurs nids douillets carillonnaient. Une blanche colombe leur faisait écho quelques octaves en dessous. Un renardeau au pelage de velours mielleux sautillait dans un fourré en contrebas. Les rayons chauds balayaient un paysage digne d'une première toile d'artiste en manque d'inspiration croyant bien faire. Il l'aurait sans doute nommé "Le Printemps", puis après mûre réflexion "L'amour ose comme la saison des fleurs s'émancipe", puis d'un air pédant aurait rajouté deux gros points jaunes, pour faire plus moderne, et l'aurait appelé "printemps 1".

C'était bien d'affirmer son style.

En tout cas, il était arrivé le printemps, et quelle magnificence. Il ne durait que onze mois sur douze aussi les habitants de la belle face du dessus aux vergers fleuris en profitaient. Le dur mois de bel automne de bronze et ses parterres feuillus sentant la soupe aux châtaignes les mettaient dans tous leurs états.

Un cygne amoureux se lançait soliste malgré lui d'un cancanement baryton. La mélodie prenait en ampleur et deux gros doigts boudinés tapotaient en rythme sur la table en bois verni.

On ferma la fenêtre d'un grand coup.

Le tapotement s'arrêta en même temps que la musique s'étouffait.

— Très chers frères. L'heure... est grave. dit une voix, gravement.

Elle appartenait à un homme qui sentait bon le vieux raisin, à la tenue entrelardée de dorures.

Il revenait vers sa chaise en forme de trône disposé sur le flanc d'une longue table.

Une douzaine d'autres chaises étaient disposées autour, et une plus grande que les autres présidait l'assemblée.

Une douzaine de vieux hommes avec de l'embonpoint les occupaient tous vêtus de toges recouvrant d'autres toges recouvrant des fourrures qui recouvraient des drapés de soie et sans doute d'autre chose bien encore. Sur leur crâne manquant de garniture capillaire ne manquait pas un beau chapeau carré doré du plus bel éclat.

Le vieil homme qui occupait le plus grand siège était encore plus gros et plus vieux que les autres. Il s'agissait du grand Chapelier en personne.

— Comme vous le savez tous, la Plieuse.. reprit l'interlocuteur.

— Honte à elle !

— Hérééétiiique !!

— … des enfeeers brul…

— Messieurs !! Cria t'il en tapant du poing sur la table."

Le silence reprit place. D'un coup d'œil vers le Chapelier qui lui fit un discret acquiescement il reprit la parole.

Cet homme était le grand Chapeauteur de l'hypoténuse droit côté gauche. Un peu plus jeune que ses pairs, il était respecté par sa capacité à garder son calme. Il avait enquis cette réunion d'urgence à la grande Chapellerie pour traiter du sujet qui brûlait autant les lèvres du peuple que les petits culs de la chapeauterie.

Cela faisait des mois que des groupes barbares, édifiés sous la bannière des Plieurs, troublaient l'ordre public et semaient des graines impures et criminelles dans l'esprit du bon peuple.

Ce mouvement vil et liberticide faisait corps et les cerveaux lavés s'en prenaient au bon royaume des chapeaux carrés.

La Chapellerie dans toute sa grandeur avait d'abord estimé que ce cette vague passerait et que les bonnes gens s'en retourneraient chez eux sitôt dit sitôt fait.

Mais que nenni, ils continuaient, ils s'accrochaient. Les ingrats, après tout ce que les chapeaux carrés faisaient pour eux.

Le bon grand Chapeauteur de l'hypoténuse droit côté gauche, aussi appelé "Paul", notamment par sa maman, avait à peu près tout essayé pour entacher la légende d'Aurore.

Il était allé de lui-même dans les provinces prêcher la bonne parole et afficher des tracts avec l'hystérique affublée de cornes. Sans grand succès. Désormais même à la capitale on pouvait entendre des chapeaux carrés entamer des messes basses où l'on se demandait si la page des chapeaux ne devait pas être tournée. Garder la foi sans pour autant qu'elle ne régisse Ebuc.

Le danger guettait, si les chapeaux devaient tomber, certains en profiteraient plus que d'autres. Un grand pas pour l'humanité certes mais un cottage d'hiver à St-Toeplitz en moins pour certains ! Et ça, et bien ça c'était intolérable. Et Paul n'allait pas se laisser faire.

Le petit matin éveillait la belle ville de Cotaizègo. La myriade de rues bien quadrillées s'éclairait de leurs pavés ocres. Les vergers en fleurs onze mois sur douze étaient encore plus en fleurs que d'habitude.

C'était une belle journée pour la face du dessus. Paul avait une idée.

— Si le symbole de Plieuse ne peut être abattu, alors je propose une autre stratégie.

Il parlait bien, les autres Chapeauteurs, Chapôtres et Chapelants buvaient ses paroles.

Il se retourna vers le grand Chapelier et un éclat lui embrassant le regard, il dit :

— Nous allons en faire notre symbole !

…

La longue ligne noire semblait infinie quand on était si près du sol. Une bande immuable craquelée par le temps. L'air chaud la rendait presque impraticable pour le souriceau qui tentait de la traverser. Ses petites pattes grillaient comme des pancakes oubliés un dimanche matin sans café à la moindre seconde de trop à son contact.

Cependant le rongeur voulait rejoindre l'autre côté, aussi mit-il toute sa résolution d'Être vivant de son côté et d'un trottement décidé : il s'élança ! Il avait fait un bon tiers lorsque de la fumée commençait à s'échapper de ses talons brûlés.

Mais peu lui importait, il décidait, il était libre.

Il atteint le milieu de la bande noire lorsqu'elle se mit à trembler.

Il s'arrêta.

Les graviers aux alentours sautillaient. Un vent puissant lui plaqua le pelage.

Ses petits yeux s'orientèrent vers le haut. La peur s'y imprima.

La taille du souriceau tripla en longueur mais fut réduite par cent en hauteur sous le poids des pneus des roues-avant se posant sur la piste. L'appareil termina son atterrissage quelques centaines de mètres plus loin.

De nombreuses voiturettes s'agitèrent autour de l'avion et finalement un cortège de vestes noires en sortit, oreillettes et lunettes noires assorties. Quelques centaines d'années s'étaient écoulées depuis le grand Chapeauteur de l'hypoténuse droit côté gauche.

Ebuc avait bien changé, la face du dessous avait été rasée, de sombres erreurs d'essais nucléaires.

Un coin du monde avait été aplati pour installer de nouvelles industries afin de rectifier le tir et produire des armes nucléaires plus efficaces.

Le retrait de ce coin avait posé un déséquilibre cubique, on avait donc retiré un autre coin, puis un autre. On n'arrêtait pas le progrès.

Tout changeait, mais heureusement une valeur sûre demeurait. La Chapellerie, elle, tenait la baraque.

Aujourd'hui était un grand jour. Comme tous les ans, toute la Chapellerie de Ebuc se mettait en grande pompe pour fêter l'anniversaire de leur Sainte favorite. Celle qui avait réunifié les peuples en des temps incertains. Naturellement il n'avait pas été facile à l'époque d'accomplir ce miracle.

Elle, qui inspirait alors le monde à se rebeller, à commettre l'irréparable : changer son chapeau.

Nombre de rouages avaient été mis en branle pour réaliser ce chantier.

Il avait d'abord fallu faire savoir au monde qu'elle était en relation directe avec le grand Géomètre. Puis qu'elle avait vaillamment combattu pour la Chapellerie. On embaucha les plus grands peintres et sculpteurs pour représenter ses faits d'armes. On prit bien soin de la représenter avec un chapeau triangle afin d'éviter tout amalgame. Le tout pour un héros, c'était de bien rentrer dans des cases. On omit au maximum de mentionner le rôle de la chapellerie dans son tribunal et on insista sur la barbarie qu'elle avait combattue au nom de sa foi.

Rapidement le peuple n'avait plus vraiment su où donner de la tête, si leur symbole était aussi celui de ceux qu'ils pensaient devoir combattre alors fallait-il finalement les combattre. Et le temps fit son effet qu'il a tendance à produire gentiment. Les rocs s'érodèrent et les galets s'en trouvaient moins tonitruants.

En ce jour saint on célébrait sa mort, et on implorait qu'elle nous guide lorsque des sauvages menaçaient de changer de chapeau. Elle en était d'ailleurs devenue un symbole, celui implacable de bien rester chez soi, chez son chapeau et de craindre les autres qui tentaient de nous prendre le nôtre.

La formation rapprochée du grand Chapelier quittait l'aéroport sous les cris de joie des spectateurs. Des banderoles et drapeaux flottaient au vent.

La foule lui tendait des présents, des prières, des bébés à bénir.

Du haut de sa centaine d'années, perché sur sa voiturette électrique, il leur faisait coucou de la main.

Son chapeau carré, impassible à la brise, il aspirait un jus de pamplemousse de sa main libre. Il souriait, alors que l'amertume du fruit lui caressait le palais.

L'histoire avait bon de retenir ce que ceux au pouvoir relataient.

La sainte avait même eu une place sur les Gros Galets sacrés.

Une toute petite coquille de rien du tout s'y était glissée. Un étendard voltigeait au-dessus de la Chapeau-mobile. L'occupant leva les yeux.

La douce amertume de l'ironie embrassait l'air.

L'imprimé représentait la journée sainte, une phrase cousue au fil d'or au milieu.

"Louée soit la Pieuse."